JUGEND

Joseph Conrad

JUGEND

EIN BERICHT

Aus dem Englischen
von Fritz Lorch

Fischer Taschenbuch Verlag

Limitierte Sonderausgabe
Veröffentlicht im Fischer Taschenbuch Verlag GmbH,
Frankfurt am Main, Januar 2001

Die Erzählung wurde dem 1968 erschienenen Band
›Jugend. Herz der Finsternis. Das Ende vom Lied‹
entnommen

Lizenzausgabe mit Genehmigung
des S. Fischer Verlags GmbH, Frankfurt am Main
Die englische Originalausgabe erschien 1911
unter dem Titel
›Youth: A Narrative; and Two Other Stories‹
(Heart of Darkness, The End of the Tether)
Für die deutsche Ausgabe:

Umschlaggestaltung: Barbara Hanke
und Cordula Schmidt
Foto: AKG
Gesamtherstellung: Clausen & Bosse, Leck
Printed in Germany
ISBN 3-596-50422-8

JUGEND

Dies hätte sich nirgends sonst als in England zutragen können, wo sozusagen Menschen und Meer einander wechselseitig durchdringen – wo das Meer in das Leben der meisten Menschen eingreift und wo die Menschen auf dem Weg des Vergnügens, des Reisens oder des Broterwerbs manches oder alles über das Meer erfahren.

Wir saßen um einen Mahagonitisch, in welchem sich die Flasche, die Rotweingläser und, da wir die Ellbogen aufstützten, unsere Gesichter spiegelten. Unsere Runde bestand aus einem Direktor von Handelsgesellschaften, einem Bücherrevisor, einem Rechtsanwalt, Marlow und mir. Der Direktor war Schiffsjunge auf der *Conway* gewesen, der Bücherrevisor war vier Jahre zur See gefahren, der Rechtsanwalt – ein eingefleischter Tory, Anhänger der Hochkirche, der feinste alte Kerl, die Ehrenhaftigkeit in Person – war Erster Offizier bei der P. & O. Linie gewesen, in jenen guten alten Zeiten, als die Postdampfer noch mindestens zwei vollgetakelte Masten hatten und die China-See bei günstigem Monsun mit allen Leesegeln im Topp herunterzulaufen pflegten. Wir alle hatten das Leben in der Handelsschifffahrt begonnen. Zwischen uns fünfen bestand das starke Band der See und dann auch jene Kameradschaft des Seemannsberufes, wie keine Begeisterung für Jachtsegeln, für Vergnügungsfahrten und Ähnliches sie herzustellen vermag, da das eine nur die Kurzweil des Lebens und das andere das Leben selbst ist.

Marlow (ich glaube wenigstens, er schrieb sich so) erzählte die Geschichte, oder besser, die Chronik einer Reise:

»Ja, ich habe ein bisschen von den östlichen Meeren gesehen; am besten aber erinnere ich mich an meine erste Reise dorthin. Ihr, meine Freunde, wisst ja, dass es Reisen gibt, die wie zur Illustrierung des Lebens geschaffen sind, die als Sinnbild des Daseins gelten könnten. Man kämpft, arbeitet, schwitzt, bringt sich fast um, bringt sich zuweilen wirklich um, in dem Versuch, etwas zu leisten – und vermag es doch nicht. Ohne dass man Schuld daran hätte. Man kann einfach nichts tun, weder Großes noch Kleines – nichts auf der Welt – nicht einmal eine alte Jungfer heiraten oder eine elende Fracht von sechshundert Tonnen Kohle an ihren Bestimmungshafen bringen.

Es war durchaus eine denkwürdige Angelegenheit. Es war meine erste Reise in den Osten und meine erste Reise als Zweiter Offizier, es war auch das erste Kommando meines Kapitäns. Ihr werdet zugeben, dass es langsam Zeit wurde. Er war beinahe sechzig Jahre alt, ein kleiner Mann mit einem breiten, nicht sehr geraden Rücken, mit hängenden Schultern und einem Bein krummer als das andere; und er hatte jenes wunderlich knorrige Aussehen, dem man oft bei Männern begegnet, die auf dem Felde arbeiten. Er besaß ein Nussknackergesicht – Kinn und Nase hatten das Bestreben, über einem eingesunkenen Mund zusammenzustoßen –, umrahmt von eisgrauem Flaum, der sich ausnahm wie ein mit Kohlenstaub gesprenkelter Kinnriemen. Und in diesem alten Gesicht hatte er blaue Augen, erstaunlich jungenhaft und mit jenem offenen Ausdruck, den sich zuweilen ganz gewöhnliche Menschen dank einer seltenen Gabe der Redlichkeit und Herzenseinfalt bis ans Ende ihrer Tage bewahren. Was ihn bewog, mich anzunehmen, war mir ein Rätsel. Ich kam von einem der grandiosen Austral-Klipper, auf dem ich Dritter Offizier gewesen war, und er schien ein Vorurteil gegen solche Klipper zu haben, die ihn aristokratisch und protzig dünkten. Er sagte zu mir: ›Wohlgemerkt, auf diesem Schiff werden Sie arbeiten müssen.‹ Ich erwiderte, ich hätte auf sämtlichen Schiffen arbeiten müssen, auf denen ich bisher gewesen. ›Ah, aber das hier ist etwas anderes, und ihr feinen Herren von den großen Schiffen; ... nun! Ich denke, Sie werden's schon schaffen. Treten Sie morgen an.‹

Ich trat an. Es war vor zweiundzwanzig Jahren, und ich war eben zwanzig. Wie die Zeit vergeht! Es war einer der glücklichsten Tage meines Lebens. Denkt euch nur! Zum ersten Mal Zweiter Steuermann – ein wirklich verantwortlicher Offizier! Ich hätte meine neue Stellung nicht um alles in der Welt aufgegeben. Der Erste musterte mich sehr sorgfältig. Er war ebenfalls ein alter Geselle, doch von anderem Schlag. Er hatte eine römische Nase, einen schneeweißen, langen Bart, und er hieß Mahon, doch er bestand darauf, dass der Name ›Mann‹ ausgesprochen wurde. Er hatte einflussreiche Verwandte, aber irgendwie war ihm das Glück nicht hold gewesen, und er war nie vorangekommen.

Was den Kapitän anlangt, so war er jahrelang in der Küstenschifffahrt gewesen, dann im Mittelmeer und schließlich in der Westindienfahrt. Er war um keines der Kaps herumgekommen. Er brachte nur eben eine Art Krakelschrift zustande und hielt überhaupt nicht viel vom Schreiben. Beide waren natürlich von Grund auf gute Seeleute, und zwischen diesen alten Gesellen kam ich mir wie ein kleiner Junge zwischen zwei Großvätern vor.

Das Schiff war gleichfalls alt: Es hieß *Judea.* Sonderbarer Name, nicht wahr? Es gehörte einem Mann namens Wilmer, Wilcox – oder so ahnlich, doch er ist schon gute zwanzig Jahre bankrott und tot, und sein Name tut nichts zur Sache. Die *Judea* hatte endlos lange im Shadweller Hafenbecken aufgelegen. Ihr könnt euch ihren Zustand vorstellen. Sie war über und über mit Rost, Staub und Schmutz bedeckt – die Toppen voller Ruß, das

Deck verschmutzt. Für mich war es, als käme ich aus einem Palast in eine zerfallene Bauernkate. Die *Judea* war ungefähr vierhundert Tonnen groß, hatte ein altmodisches Ankerspill, hölzerne Türriegel, und nicht das kleinste Stück Messing war zu sehen. Auf ihrem breiten Plattgatt stand in großen Lettern der Name des Schiffes, und darunter war eine Menge Schnörkelwerk angebracht, von dem die Vergoldung abgeblättert war und das eine Art Wappen mit der Devise ›Kämpfen oder untergehen‹ umgab. Ich weiß noch, wie gewaltig mich diese Devise anzog. Ein Hauch Romantik lag darüber, etwas, das mir den alten Kasten lieb und teuer machte – etwas, das meine Jugend für ihn einnahm!

Wir verließen London mit Ballast – Sandballast –, um in einem nördlichen Hafen eine Ladung Kohle für Bangkok überzunehmen. Bangkok! Ein Schauer durchrieselte mich. Ich war sechs Jahre zur See gefahren, hatte jedoch nur Melbourne und Sydney gesehen, sehr anständige Plätze, reizende Plätze in ihrer Art – aber Bangkok!

Wir liefen unter Segeln und mit einem Nordsee-Lotsen an Bord aus der Themsemündung. Der

Lotse hieß Jermyn. Er strich den lieben langen Tag um die Kombüse herum und trocknete sein Taschentuch vor dem Herd. Anscheinend schlief er nie. Er war ein trübsinniger Mann, dem beständig ein glitzernder Tropfen an der Nasenspitze hing und der entweder Verdruss gehabt hatte, oder noch immer Verdruss hatte, oder doch Verdruss erwartete – der jedenfalls nur glücklich war, wenn irgendetwas schief ging. Er misstraute meiner Jugend, meinem gesunden Menschenverstand und meinem seemännischen Können, und er ließ es sich angelegen sein, mir das auf hunderterlei Arten zu spüren zu geben. Nun, er hatte Recht. Schließlich wusste ich damals noch herzlich wenig, und auch jetzt weiß ich nicht viel mehr, doch bis auf den heutigen Tag hege ich einen Hass gegen Jermyn.

Wir benötigten eine Woche bis Yarmouth Roads, und dann gerieten wir in einen Sturm – den berüchtigten Oktobersturm vor zweiundzwanzig Jahren. Alles kam zusammen: Wind, Blitz, Hagel, Schnee und eine fürchterliche See. Wir hatten zu wenig geladen, und ihr werdet eine Vorstellung davon bekommen, wie schlimm es war, wenn ich euch sage, dass das Schanzkleid zertrümmert und das Deck überflutet wurde. In der zweiten Nacht ging der Ballast nach Lee über, und mittlerweile waren wir schon nach der Doggerbank verschlagen worden. Uns blieb nichts übrig, als mit Schaufeln hinunterzusteigen und zu versuchen, das Schiff wieder aufzurichten, und da standen wir denn in dem riesigen Laderaum, der düster wie eine Höhle war. Die Talgkerzen an den Raumbalken flackerten, der Sturm heulte über uns, das auf der Seite liegende Schiff wurde wie toll hin und her geschleudert, wir packten alle mit an: Jermyn, der Kapitän, jeder beteiligte sich an dieser Totengräberarbeit – wiewohl wir uns kaum auf den Beinen halten konnten – und versuchte, den nassen Sand schaufelweise nach Luv hinaufzuwerfen. Bei jedem Überholen des Schiffes konnte man im trüben Kerzenlicht undeutlich einige Männer unter wildem Gefuchtel der Schaufeln hinstürzen sehen. Einer der Schiffsjungen (wir hatten zwei) war so beeindruckt von der Grausigkeit der Szene, dass er weinte, als wolle ihm das Herz brechen. Wir hörten ihn irgendwo im Dunkeln schluchzen.

Am dritten Tag flaute der Sturm ab, und bald darauf pickte uns ein Schlepper aus dem Norden auf. Alles in allem benötigten wir sechzehn Tage von London bis nach dem Tyne! Als wir dann den Hafen erreichten, hatten wir unseren Ladetermin verpasst, und man verholte uns nach einem Liegeplatz, wo wir einen Monat blieben. Mrs. Beard (der Kapitän hieß Beard) kam aus Colchester angereist, um bei ihrem Mann zu sein. Sie wohnte an Bord. Die Mannschaft war abgemustert, und nur die Steuerleute, ein Schiffsjunge und der Steward, ein Mulatte, der auf den Namen Abraham hörte, waren verblieben. Mrs. Beard war eine alte Frau mit einem Gesicht, verhutzelt und rot wie ein Winterapfel, und der Figur eines jungen Mädchens. Einmal sah sie, wie ich mir einen Knopf annähte, und bestand darauf, dass ich ihr meine Hemden zum Flicken gäbe. Das war ich von den Kapitänsfrauen auf meinen Prachtklippern nicht gewohnt. Als ich ihr die Hemden brachte, sagte sie: ›Und die Socken? Die müssen doch sicher gestopft werden, und Johns – Kapitän Beards – Sachen sind jetzt alle ausgebessert. Ich bin froh, wenn ich etwas zu tun habe.‹ Gott segne die alte

Frau. Sie setzte mir meine ganze Ausrüstung instand, und währenddessen las ich zum ersten Mal *Sartor Resartus* und Burnabys *Ritt nach Khiva.* Von Ersterem verstand ich damals nicht viel, doch ich erinnere mich noch, dass ich den Soldaten dem Philosophen vorzog, eine Vorliebe, in der mich das Leben nur bestärkt hat. Der eine war ein Mann, und der andere war entweder mehr – oder weniger. Nun, sie sind beide tot, und Mrs. Beard ist tot, und Jugend, Kraft, Genie, Gedanken, Taten, einfältige Herzen – alles stirbt … Macht nichts.

Endlich wurde mit dem Laden begonnen: Wir heuerten eine Mannschaft an. Acht Matrosen und zwei Schiffsjungen. Eines Abends verholten wir an die Bojen bei den Dockschleusen, klar zum Auslaufen und mit ziemlich sicherer Aussicht, am nächsten Tag die Reise antreten zu können. Mrs. Beard sollte mit einem Nachtzug nach Hause fahren. Als das Schiff festgemacht war, setzten wir uns zum Tee. Wir waren während der Mahlzeit alle ziemlich still – Mahon, das alte Ehepaar und ich. Ich war als Erster fertig und schlich mich hinaus, um zu rauchen. Meine Kammer lag in einem Deckshaus unmittelbar vor der Poop. Es war

Hochwasser, eine frische Brise wehte und es nieselte. Beide Schleusentore standen offen, und die Kohlenpötte dampften in der Dunkelheit ein und aus, mit hell brennenden Lampen, laut schlagenden Schrauben, ratternden Winden und viel Gerufe von den Molenköpfen her. Ich beobachtete diese Prozession der Topplichter, die hoch oben, und der grünen Lichter, die tief unten in der Nacht dahinglitten, als plötzlich ein roter Schein vor mir aufblinkte, verschwand, wieder in Sicht kam und sichtbar blieb. Das Vorderteil eines Dampfers tauchte dicht vor mir auf. Ich rief in die Kajüte hinunter: ›Kommt herauf, schnell!‹, und hörte dann eine erstaunte Stimme, die in der Ferne sagte: ›Lassen Sie stoppen!‹ Eine Glocke schrillte. Eine andere Stimme rief warnend: ›Wir laufen genau auf die Bark zu, Sir.‹ Die Antwort hierauf war ein mürrisches: ›Schon gut‹, und unmittelbar danach kam es zu einem schweren Zusammenstoß, als uns der Dampfer mit seinem breiten Bug etwa in Höhe der Fockwanten streifte. Einen Augenblick lang herrschte Verwirrung, Geschrei und Gerenne. Dampf wurde brüllend abgelassen. Dann hörte man jemand sagen: ›Alles klar, Sir.‹ …

›Bei Ihnen alles in Ordnung?‹, fragte die mürrische Stimme. Ich war nach vorn gesprungen, um den Schaden zu besehen, und rief zurück: ›Ich denke schon.‹ ›Langsam zurück‹, sagte die mürrische Stimme. Eine Glocke schrillte. ›Was für ein Dampfer ist das?‹, schrie Mahon. Da war das Schiff aber bereits nur mehr ein unförmiger Schatten, der ein wenig weiter von uns ab manövrierte. Sie riefen uns irgendeinen Namen zu – einen Frauennamen, Miranda oder Melissa – oder so ähnlich. ›Das bedeutet einen weiteren Monat in diesem verflixten Nest‹, sagte Mahon zu mir, als wir uns mit Lampen das zersplitterte Schanzkleid und die gebrochenen Brassen besahen. ›Aber wo ist der Kapitän?‹ Die ganze Zeit über hatten wir von ihm nichts gehört oder gesehen. Wir gingen nach achtern, um ihn zu suchen. Irgendwo mitten im Hafenbecken erhob sich jedoch eine klägliche Stimme und rief uns an: ›*Judea* ahoi!‹ ... Wie, zum Teufel, war er nur dorthin geraten? ... ›Hallo!‹, riefen wir. ›Ich treibe in unserem Boot ohne Riemen‹, rief er zurück: Ein verspäteter Fährmann bot seine Dienste an, und Mahon handelte mit ihm aus, er solle unseren Kapitän für eine halbe

Krone längsseits schleppen, doch es war Mrs. Beard, die als Erste die Leiter heraufkletterte. Sie waren fast eine Stunde lang bei diesem kalten Sprühregen im Hafenbecken umhergetrieben. Nie in meinem Leben bin ich so verdutzt gewesen.

Anscheinend hatte er, als er mich ›kommt herauf‹ brüllen hörte, sogleich begriffen, was im Anzug war, hatte seine Frau gepackt, war an Deck gerannt, quer hinüber und dann hinunter in unser Boot, das an der Jakobsleiter festgemacht war. Nicht schlecht für einen Sechziger, was? Stellt euch vor, der alte Knabe rettete in seinen Armen heldenhaft die alte Frau – die Frau seines Lebens. Er setzte sie auf eine Ducht im Boot und wollte wieder an Bord zurückklettern, doch da hatte sich irgendwie die Fangleine des Bootes gelöst, und ab ging's mit ihnen beiden. Natürlich hörten wir in dem Durcheinander seine Rufe nicht. Er blickte beschämt drein. Sie sagte fröhlich: ›Ich nehme an, es macht jetzt ohnehin nichts, dass ich meinen Zug versäumt habe?‹ ›Ja, Jenny – geh hinunter und wärm dich auf‹, brummte er. Dann sagte er zu uns: ›Ein Seemann soll sich eben nicht mit einer Frau einlassen. Da war ich also vom Schiff fort:

Nun, diesmal ist kein Unheil geschehen. Lassen Sie uns den Schaden besehen, den dieser blöde Dampfer angerichtet hat.‹

Er war nicht groß, aber er hielt uns weitere drei Wochen auf. Nach Ablauf dieser Zeit brachte ich, da der Kapitän mit seinen Agenten beschäftigt war, Mrs. Beards Tasche an den Bahnhof und setzte die Kapitänsfrau bequem in ein Dritte-Klasse-Abteil. Sie ließ das Fenster herunter und sagte: ›Sie sind ein guter junger Mann. Wenn Sie John – Kapitän Beard – des Nachts ohne Schal sehen, dann erinnern Sie ihn in meinem Namen daran, dass er sich den Hals gut warm halten solle.‹ ›Aber gewiss, Mrs. Beard‹, sagte ich. ›Sie sind ein guter junger Mann, ich habe wohl beobachtet, wie aufmerksam Sie gegen John – den Kapitän sind …‹ Der Zug fuhr plötzlich an, ich zog die Mütze. Die alte Frau habe ich nie wieder gesehen … Die Flasche, bitte.

Am nächsten Tag gingen wir in See. Als wir diesmal nach Bangkok aufbrachen, waren wir bereits drei Monate von London fort. Wir hatten mit ungefähr vierzehn Tagen gerechnet als Äußerstes.

Es war Januar, und das Wetter war schön –

schönes sonniges Winterwetter, das mehr Reiz hat als schönes Wetter zur Sommerzeit, weil es unerwartet kommt und die Luft dabei frisch ist, und weil man weiß, dass es nicht lange anhalten wird, nicht lange anhalten kann. Es ist wie ein Glücksfall, wie ein Geschenk Gottes, wie eine unverhoffte Fügung.

Es hielt die ganze Nordsee hinunter und durch den Kanal an, bis wir etwa dreihundert Seemeilen westlich Kap Lizard standen, dann sprang der Wind auf Südwest um, und es begann kräftig aufzubrisen. Nach zwei Tagen hatten wir Sturm. Die *Judea* drehte bei und tanzte wie ein alter Kerzenkasten auf dem Atlantik. Es stürmte Tag für Tag: Es stürmte tückisch, ohne Unterlass, unerbittlich, rastlos. Die Welt war nur noch eine einzige Unermesslichkeit großer, schäumender Wogen, die gegen uns anrollten, unter einem Himmel, der so tief hing, dass man ihn mit Händen hätte greifen können, und schmutzig wie eine verrauchte Stubendecke war. In dem sturmdurchrasten Raum um uns her war so viel fliegender Gischt wie Luft. Tag für Tag und Nacht für Nacht herrschte um uns her nichts als das Heulen des Sturms, das Toben des

Meeres, das Krachen der Seen, die auf das Deck niederstürzten. Es gab keine Ruhe, weder für das Schiff noch für uns. Die *Judea* rollte, stampfte, stellte sich auf den Kopf, setzte sich auf den Stert, sie schlingerte, sie ächzte, und wir mussten uns festhalten, solange wir an Deck, und uns an unsere Kojen klammern, wenn wir unter Deck waren – in beständiger Seelenangst und Anspannung aller Körperkräfte.

Eines Nachts sprach Mahon durch das kleine Fenster an meiner Koje, auf der ich schlaflos lag, gestiefelt und mit dem Gefühl, schon jahrelang nicht mehr geschlafen zu haben, ja, gar nicht schlafen zu können, wie sehr ich mich auch anstrengte. Er sagte aufgeregt: ›Haben Sie den Peilstock hier drinnen, Marlow? Ich kann die Pumpen nicht in Gang bringen. Bei Gott! es ist kein Kinderspiel.‹

Ich gab ihm den Peilstock, legte mich wieder hin und versuchte, an allerlei zu denken – doch ich dachte nur an die Pumpen. Als ich an Deck ging, waren sie noch immer dabei, und meine Wache löste sie an den Pumpen ab. Im Licht der Lampe, die an Deck gebracht worden war, um den Peilstock ablesen zu können, tat ich einen Blick in die müden, ernsten Gesichter. Wir pumpten die ganzen vier Stunden hindurch. Wir pumpten die ganze Nacht, den ganzen Tag, die ganze Woche hindurch Wache für Wache. Die Bark arbeitete sich lose und leckte stark – nicht so stark, um uns auf der Stelle zu ertränken, doch stark genug, um uns mit der Pumparbeit umzubringen. Und während wir pumpten, entglitt uns das Schiff stückweis: Das Schanzkleid ging über Bord, die Stützen wurden herausgerissen, die Ventilatoren zerschlagen, die Kammertüren eingedrückt. Kein trockenes Fleckchen war mehr auf dem Schiff. Stück für Stück wurde es ausgeweidet. Das Großboot verwandelte sich dort, wo es in seinen Bootsklampen stand, wie durch Zauberei in Kleinholz. Ich hatte es selbst festgezurrt und war stolz auf meiner Hände Arbeit gewesen, die dem Grimm der See so lange standgehalten hatte. Und wir pumpten. Und das Wetter änderte sich nicht. Das Meer war weiß wie ein Laken aus Gischt, wie ein Kessel siedender Milch, die Wolken rissen nirgends auf, nein – keine Handbreit – nicht für zehn Sekunden. Für uns gab es weder Himmel noch Sterne, noch

Sonne, noch ein Universum – nichts als zornige Wolken und eine wütende See. Wir pumpten Wache für Wache, pumpten ums liebe Leben, und es schien Monate so weiterzugehen, Jahre, in alle Ewigkeit: Als wären wir schon gestorben gewesen und in die Hölle der Seefahrer niedergefahren. Wir vergaßen den Wochentag, den Monat, vergaßen, was für ein Jahr es war und ob wir je an Land gewesen. Die Segel flogen davon, das Schiff lag beigedreht nur mit einem Schauerkleid im Besanwant, der Ozean ergoss sich über die Bark, und wir kümmerten uns nicht darum. Wir drehten die Kurbeln und hatten Augen wie Schwachsinnige. Sobald wir an Deck gekrochen waren, pflegte ich ein Tau um die Männer, die Pumpen und den Großmast zu legen, und wir drehten, pumpten unablässig, während uns das Wasser bis zum Gürtel, zum Hals reichte, über unseren Köpfen zusammenschlug. Es war uns alles gleich, wir hatten vergessen, wie es war, wenn man sich trocken fühlt.

Und irgendwo in mir regte sich der Gedanke: Himmel! das ist doch ein rechtes Höllenabenteuer – etwas, wie man es nur in Büchern liest; und es ist meine erste Reise als Zweiter Offizier – und ich bin erst zwanzig Jahre alt – und hier stehe ich, halte so gut durch wie jeder andere und habe meine Leute in Form. Ich hatte meine Freude. Diese Erfahrung hätte ich nicht um alles in der Welt drangegeben. Ich erlebte Augenblicke der Begeisterung. Jedes Mal wenn das alte, abgetakelte Fahrzeug mit dem Bug tief eintauchte, das Hinterteil hoch in der Luft, dann schien es mir, als schleudere es die auf sein Heck geschriebenen Worte wie einen Anruf, wie eine Herausforderung, wie einen Schrei hinauf zu den erbarmungslosen Wolken: ›Judea, London. Kämpfen oder untergehen.‹

O Jugend! Ihre Stärke, ihr Glaube, ihre Phantasie! Für mich war das Schiff nicht ein alter Kasten, der einen Haufen Kohle als Fracht mit sich um die Welt schleppte – für mich war es das Trachten, die Probe, der Prüfstein des Lebens. Ich denke mit Freuden an das Schiff, mit Zärtlichkeit, mit Kummer – wie man eines Toten gedenkt, den man geliebt hat. Ich werde es nie vergessen … Bitte, die Flasche.

Eines Nachts, als wir, an den Mast gebunden, wie ich es geschildert habe, weiterpumpten, taub vom Wind und ohne genügend Seelenkraft in uns, um den Tod herbeizusehnen, brach eine schwere See auf Deck und fegte über uns hin. Sobald ich wieder zu Atem kam, brüllte ich, ›Festhalten, Jungs!‹, doch da spürte ich etwas Hartes, das an Deck trieb und mir gegen die Wade schlug. Ich griff danach, verfehlte es aber. Es war so dunkel, dass auch auf Fußbreite keiner des anderen Gesicht erkennen konnte – ihr versteht!

Nach dieser Erschütterung lag das Schiff eine Weile ruhig, und das Ding, was immer es sein mochte, schlug abermals gegen mein Bein. Diesmal bekam ich es zu fassen – und was war es? Eine Pfanne. Stumpfsinnig vor Erschöpfung und an nichts anderes als die Pumpen denkend, begriff ich anfangs nicht, was ich da in der Hand hielt. Plötzlich dämmerte es mir, und ich brüllte: ›Leute, das Deckhaus ist fort. Lasst das Pumpen, wir müssen nach dem Koch sehen.‹

Vorne stand ein Deckhaus, das die Kombüse, die Koje des Kochs und die Unterkünfte der Mannschaft enthielt. Da wir schon seit Tagen damit gerechnet hatten, dass es fortgespült würde, war die Mannschaft angewiesen worden, achtern im Salon zu schlafen – dem einzigen sicheren Ort auf dem Schiff. Der Steward Abraham jedoch hatte darauf bestanden, in seiner Koje zu bleiben, eigensinnig wie ein Maulesel – aus schierem Entsetzen, nehme ich an, einem Tier gleich, das bei einem Erdbeben seinen zusammenstürzenden Stall nicht verlassen will. So machten wir uns auf, um nach ihm zu suchen. Dabei mussten wir unser Leben aufs Spiel setzen, denn ohne gelascht zu sein, waren wir so schutzlos wie auf einem Floß. Aber wir machten uns dennoch auf. Das Haus war zertrümmert, als wäre eine Granate darin explodiert. Es war zum größten Teil über Bord gegangen – Herd, Mannschaftslogis, samt den Habseligkeiten der Leute, alles war fort; doch wie durch ein Wunder waren zwei Pfosten stehen geblieben, die einen Teil des Schotts hielten und an die Abrahams Koje befestigt war. Wir tappten in den Trümmern umher und stießen auf die Pfosten, und da war er: saß auf seinem Bett, umgeben von Schaum und Verwüstung, und plapperte munter vor sich hin. Er war von Sinnen; vollkommen und für alle Zeiten irre nach diesem Schock, den er noch hatte erleiden müssen, als er mit seinen Kräften schon am Ende war. Wir packten ihn, schleppten ihn nach achtern und warfen ihn kopfüber durch den Kajütsniedergang hinunter. Ihr versteht, wir hatten nicht die Zeit, ihn mit aller erdenklichen Behutsamkeit hinunterzutragen und abzuwarten, was er nun machen werde. Die da unten würden ihn schon am Fuß der Treppe auflesen. Wir hatten es eilig, zu den Pumpen zurückzukehren. Dieses Geschäft duldete keinen Aufschub. So ein Leck ist ein unmenschliches Ding.

Man hätte denken können, diesem verflixten Sturm sei es nur darum zu tun gewesen, aus jenem armen Teufel von einem Mulatten einen Wahnsinnigen zu machen. Er flaute ab, noch ehe der Morgen graute, und am nächsten Tag klarte der Himmel auf, und da sich die Wogen glätteten, kam das Leck über Wasser. Als man daran ging, einen neuen Satz Segel anzuschlagen, verlangte die Mannschaft, dass umgekehrt werde – und wirklich blieb uns nichts anderes übrig. Die Boote über Bord, die Decks reingefegt, die Kajüte ausgeräumt, die Männer ohne ein Stück Zeug, außer dem bisschen, was sie auf dem Leib trugen, der Proviant verdorben, das Schiff überanstrengt. Wir drehten um, und – ist es zu glauben? – der Wind kam jetzt aus Ost, uns direkt ins Gesicht. Ein frischer, stetiger Gegenwind. Wir mussten jeden Zollbreit des Weges aufkreuzen, aber das Schiff leckte nicht allzu sehr, da das Wasser verhältnismäßig ruhig war. Von vier Stunden jeweils zwei pumpen zu müssen ist kein Spaß – doch es hielt das Schiff flott bis nach Falmouth.

Die guten Leute dort leben von den Unfällen auf See, und sie waren zweifellos froh, als sie uns sichteten. Eine Schar hungriger Zimmerleute wetzte ihre Meißel, als dieser Kadaver von einem Schiff in Sicht kam. Und wahrhaftig!, sie machten ganz hübsche Einnahmen an uns, ehe sie fertig waren. Ich vermute, der Eigner saß schon ziemlich fest in der Klemme. Es kam zu Verzögerungen. Dann wurde beschlossen, einen Teil der Ladung löschen und die obere Bordwand kalfatern zu lassen. Das wurde ausgeführt, die Reparaturen beendet, die Ladung wieder übergenommen, eine neue Mannschaft kam an Bord, und wir liefen aus – nach Bangkok. Eine Woche später waren wir wieder zurück. Die Mannschaft erklärte, sie ginge nicht mit nach Bangkok – eine Reise von hundertundfünfzig Tagen – auf einem Kahn, auf dem man von vierundzwanzig Stunden acht pumpen müsse, und die Schifffahrtszeitungen enthielten abermals den Vermerk: ›*Judea.* Bark. Tyne nach Bangkok; Kohle; leck nach Falmouth zurück, Mannschaft verweigert Dienst.‹

Es gab weitere Verzögerungen – weitere Pfuscharbeit. Der Eigner kam für einen Tag herunter und meinte, das Schiff sei tadellos im Schuss. Der arme alte Kapitän Beard sah wie der Geist eines Kohlenschiffers aus – wegen all des Ärgers und der Demütigungen. Bedenkt, er war sechzig Jahre alt, und dies war sein erstes Kommando. Mahon meinte, es sei eine faule Sache und werde noch schlimm ausgehen. Ich liebte das Schiff mehr denn je und wollte schrecklich gerne nach Bangkok. Nach Bangkok! Zaubername, segensvoller Name. Mesopotamien war nichts dagegen. Vergesst nicht, ich war zwanzig, und dies war meine erste Stellung als Zweiter Offizier, und der Osten erwartete mich.

Wir verließen den Hafen und ankerten auf Außenrede mit einer neuen Mannschaft – der dritten. Die Bark leckte ärger denn je. Es war, als hätten diese verflixten Zimmerleute sie tatsächlich angebohrt. Diesmal kamen wir gar nicht erst fort. Die Mannschaft weigerte sich einfach, das Ankerspill zu besetzen.

Sie schleppten uns zurück zum Innenhafen, und wir wurden zu einem Inventarstück, einem Wahrzeichen, einer Sehenswürdigkeit des Ortes. Die Leute wiesen Besucher auf uns hin als ›diese Bark da, geht nach Bangkok – seit sechs Monaten hier dreimal umgekehrt‹. An Feiertagen wurden wir von den kleinen Jungen, die in ihren Booten umherruderten, angerufen: ›*Judea,* ahoi!‹ Und wenn sich ein Kopf über dem Schanzkleid zeigte, brüllten sie: ›Wohin geht die Reise? – nach Bangkok?‹, und dann johlten sie. Wir waren nur noch zu dritt an Bord. Der arme alte Kapitän döste in der Kajüte vor sich hin. Mahon nahm das Kochen auf sich und entwickelte die ganze Genialität eines Franzosen im Zubereiten leckerer, kleiner Gerichte. Ich kümmerte mich träge um die Takelage. Wir wurden Bürger von Falmouth. Jeder Ladenbesitzer kannte uns. Beim Barbier oder Tabakshändler fragte man uns vertraulich: ›Meinen Sie, dass Sie wirklich je nach Bangkok kommen werden?‹ Unterdessen zankten sich der Eigner, die Versicherungsleute und die Befrachter miteinander in London, und unsere Heuer lief weiter … Bitte, die Flasche.

Es war greulich. Moralisch war es schlimmer als ums liebe Leben pumpen. Es sah so aus, als seien wir von der Welt vergessen worden, gehörten niemandem, würden nirgendwo landen, es sah aus, als seien wir dazu verdammt, für alle Zeiten in jenem Innenhafen zu leben, zum Hohn und Gespött für ganze Generationen von Küstenbummlern und ehrlosen Bootsführern. Ich erhielt für drei Monate Heuer und fünf Tage Urlaub und machte eine Blitztour nach London. Ich benötigte einen Tag, um hinzukommen, und nahezu einen weiteren für die Rückreise – dennoch ging die Dreimonatsheuer dabei drauf. Ich weiß nicht, was ich damit anstellte. Ich ging ins Varieté, glaube ich, speiste in einem hoch eleganten Lokal in der Regent Street zu Mittag und zu Abend und war pünktlich zurück, ohne als Ergebnis meines dreimonatigen Dienstes mehr vorweisen zu können als eine vollständige Ausgabe der Werke Byrons und eine neue Reisedecke. Der Bootsführer, der mich zum Schiff übersetzte, sagte: ›Hallo! Ich dachte schon, Sie hätten den alten Kasten verlassen. Der kommt bestimmt nicht mehr nach Bangkok.‹ ›Damit sind Sie mit *Ihrer* Weisheit wohl am Ende‹, sagte ich verächtlich – doch die Prophezeiung gefiel mir nicht.

Unversehens erschien ein Mann, irgendjemandes Agent, mit unbeschränkten Vollmachten. Sein Gesicht war mit Schnapsblüten übersät, er besaß eine unverwüstliche Energie und war eine lustige Haut. Wir erwachten wieder zu Leben. Eine Hulk kam längsseits und nahm unsere Ladung über, und dann gingen wir ins Trockendock, um unseren Kupferbelag abnehmen zu lassen. Kein Wunder, dass das Schiff leckte. Das arme Ding, das von dem Sturm so unerträglich überanstrengt worden war, hatte, wie aus Abscheu, alles Werg seiner unteren Nähte ausgespien. Es wurde von neuem kalfatert, neu mit Kupfer belegt und undurchlässig wie eine Flasche gemacht. Wir gingen zur Hulk zurück und nahmen unsere Ladung wieder über.

Dann verließen in einer schönen Mondnacht alle Ratten das Schiff.

Sie hatten uns arg geplagt, hatten unsere Segel zernagt, mehr von den Vorräten vertilgt als die Mannschaft, hatten traulich die Betten mit uns geteilt und die Gefahren, und jetzt, da das Schiff seetüchtig gemacht worden war, beschlossen sie, sich aus dem Staub zu machen. Ich rief Mahon herbei, damit er sich das Schauspiel ansehe. Ratte um Ratte erschien auf unserem Schanzkleid, warf noch einen Blick zurück und sprang dann mit einem Plumps in die leere Hulk. Wir versuchten, sie zu zählen, kamen aber bald nicht mehr mit. Mahon sagte: ›Na, na! Reden Sie mir nicht von der Klugheit der Ratten. Sie hätten uns schon früher verlassen sollen, als wir mit Ach und Krach dem Schiffbruch entgingen. Da haben Sie den Beweis dafür, wie dumm dieser Rattenaberglaube ist. Sie ziehen von einem guten Schiff ab, um auf eine alte, verrottete Hulk überzuwechseln, wo es obendrein nichts zu nagen und zu beißen gibt, die Narren! … Ich glaube nicht, dass sie besser wissen als Sie oder ich, was sicher oder gut für sie ist.‹

Und nachdem wir die Unterhaltung noch etwas länger fortgesponnen hatten kamen wir zu dem Schluss, dass die Weisheit der Ratten erheblich überschätzt wurde, da es mit ihr tatsächlich nicht weiter her war als mit der der Menschen.

Die Geschichte des Schiffes war inzwischen den ganzen Kanal hinauf bekannt geworden, von Landsend bis zu den Foreland, und wir konnten an der Südküste keine Leute bekommen. Sie sandten uns eine komplette Mannschaft von Liverpool herüber, und wir gingen abermals in See – nach Bangkok.

Bis in die Tropen hatten wir günstigen Wind und glatte See, und die alte *Judea* zockelte im Sonnenschein dahin. Wenn die Bark acht Knoten machte, knarrte im Takelwerk alles zusammen, und wir banden uns die Mützen fest, doch meistens schlich sie mit einer Geschwindigkeit von drei Meilen in der Stunde dahin. Was konnte man mehr verlangen? Es war müde – das alte Schiff. Seine Jugend war dahin, wie auch die meine dahin ist – wie es die eure ist – ihr, die ihr diesem Garn zuhört. Und welcher Freund würde euch mit der Nase auf eure Jahre und eure Müdigkeit stoßen? Wir murrten nicht über die Bark. Uns achtern zumindest kam es so vor, als wären wir bereits auf ihr geboren, auf ihr erzogen worden, als hätten wir seit Menschengedenken auf ihr gelebt, hätten kein anderes Schiff gekannt. Ich hätte ebenso gut gegen die alte Dorfkirche daheim wettern können, weil sie keine Kathedrale war.

Und außerdem besaß ich noch meine Jugend, die mich geduldig machte. Der ganze Osten lag vor mir und das ganze Leben, und da war auch der Gedanke, dass ich an Bord dieses Schiffes auf die Probe gestellt worden war und ziemlich gut abgeschnitten hatte. Und ich gedachte früherer Menschen, die vor Jahrhunderten in Schiffen, die nicht besser waren als das unsere, dieselbe Route befahren hatten, nach dem Land der Palmen und Gewürze und der gelben Strände und braunhäutigen Völker, die von Königen regiert wurden, welche grausamer als Nero, der Römer, waren und weiser als Salomo, der Jude. Die alte Bark zockelte weiter, schwer vom Alter und der Bürde ihrer Fracht, während ich das Leben der Jugend in Unwissenheit und Hoffnung führte. Sie zockelte eine endlose Reihe von Tagen dahin; und die frische Vergoldung blitzte in den Strahlen der untergehenden Sonne und schien über das dunkler werdende Meer die Worte hinauszuschreien, die auf ihr

Heck gemalt waren: ›Judea, London. Kämpfen oder untergehen.‹

Dann kamen wir in den Indischen Ozean und hielten nach Norden auf Java Head zu. Der Wind war leicht. Die Wochen verstrichen. Die Bark kroch weiter, kämpfen oder untergehen, und die Leute daheim begannen, uns als überfällig zu melden.

Eines Samstagabends, als ich wachfrei war, baten mich die Männer um einen zusätzlichen Eimer Wasser oder auch mehr – damit sie ihre Sachen waschen könnten. Da ich keine Lust hatte, zu so später Stunde noch die Trinkwasserpumpe anzuschrauben, ging ich pfeifend, den Schlüssel in der Hand, nach vorn, um die Vorpiekluke aufzuschließen, in der Absicht, das Wasser aus einem Reservetank auszuteilen, den wir dort aufbewahrten.

Der Geruch dort unten war so unerwartet, wie er fürchterlich war. Man hätte denken können, in dem Loch hätten seit Tagen hunderte von Paraffinlampen geflackert und geblakt. Ich war heilfroh, als ich wieder draußen war. Der Mann, der mich begleitete, hustete und sagte: ›Komischer

Geruch, Sir.‹ Ich antwortete nachlässig: ›Soll gut für die Gesundheit sein‹, und ging nach achtern.

Als Erstes streckte ich nun meinen Kopf in die Öffnung des Mitschiffsventilators. Als ich den Deckel anhob, quoll ein sichtbarer Wrasen, etwas wie ein dünner Nebel, ein zarter Dunsthauch aus der Öffnung. Die aufsteigende Luft war heiß und hatte einen betäubenden, rußigen, öligen Geruch. Ich nahm eine Nase voll und schloss sacht den Deckel. Ich wollte nicht ersticken. Die Ladung brannte.

Am folgenden Tag begann das Schiff stetig zu rauchen. Nun, was konnte man anderes erwarten, denn war die Kohle als solche auch tadellos gewesen, so war sie doch so oft umgeladen und dabei so zerrieben worden, dass sie jetzt eher wie Schmiedekohle als wie sonst etwas aussah. Außerdem war sie feucht geworden – mehr als einmal. Es regnete die ganze Zeit über, da wir sie aus der Hulk wieder übernahmen, und nun war sie auf der langen Überfahrt erhitzt worden, und so kam es denn wieder einmal zu einem Fall von Selbstentzündung.

Der Kapitän rief uns in die Kajüte. Er hatte eine Seekarte vor sich auf dem Tisch ausgebreitet und blickte unglücklich drein. Er sagte: ›Die Küste von Westaustralien ist nah, doch ich gedenke, weiterhin auf unseren Bestimmungshafen zuzuhalten. Es ist obendrein der Orkanmonat, aber wir wollen direkt Kurs auf Bangkok nehmen und das Feuer bekämpfen. Keine weiteren Aufenthalte, und wenn wir auch alle geröstet werden sollten. Wir wollen zunächst einmal versuchen, diesen verflixten Brand durch Luftmangel zum Ersticken zu bringen.‹

Wir versuchten es. Wir nagelten alles zu, und noch immer rauchte die Bark. Der Rauch stieg auch weiterhin durch unwahrnehmbare Ritzen; er drang durch Schotten und Luken; er sickerte hier und dort und überall in dünnen Fäden hervor, in einem unsichtbaren Dunst – unfasslich. Er suchte sich seinen Weg in die Kajüte, ins Logis; er verpestete die windgeschützten Winkel an Deck, man konnte ihn bis zur Großrahe hinauf riechen. Und wenn der Rauch herauskonnte, dann konnte natürlich auch Luft hinein. Es war entmutigend. Dieser Brand ließ sich nicht ersticken.

Wir beschlossen, es mit Wasser zu versuchen, und öffneten die Luken. Gewaltige Rauchmassen –

weißlich-gelblich, dick, fettig, dunstig, zum Ersticken – stiegen bis hinauf zu den Flaggenknöpfen. Alle Mann liefen nach achtern. Dann wurde die giftige Wolke fortgeweht, und wir machten uns in einem Qualm an die Arbeit, der jetzt nicht dicker war als der eines gewöhnlichen Fabrikschornsteins.

Wir nahmen die Druckpumpe in Betrieb, holten den Schlauch längs Deck – und er platzte. Nun, er war so alt wie das Schiff – ein vorsintflutlicher Schlauch und nicht zu reparieren. Dann pumpten wir mit der schwachen vorderen Pumpe, schöpften das Wasser in Pützen herauf, und auf diese Weise gelang es uns, nach und nach viel vom Indischen Ozean in die Großluke hinunterzuschütten. Der helle Strahl blitzte in der Sonne auf, platschte in einen weißen, kriechenden Rauchschwaden und verschwand auf der schwarzen Oberfläche der Kohle. Dampf stieg auf und vermischte sich mit dem Rauch. Wir schütteten Salzwasser hinein, wie in ein Fass ohne Boden. Das Pumpen war unser Schicksal auf diesem Schiff: herauspumpen und hineinpumpen; und nachdem wir erst das Wasser draußen gehalten hatten, um uns vor dem Ertrinken zu retten, gossen wir jetzt wie wild Wasser hinein, um nicht zu verbrennen.

Und die Bark kroch in strahlendem Wetter dahin, kämpfen oder untergehen. Der Himmel war ein Wunder an Reinheit, ein Wunder an tiefer Bläue. Das Meer – spiegelblank, azurn durchsichtig, glitzernd wie ein kostbarer Stein – dehnte sich nach allen Seiten bis hin zum Horizont: gleichsam als sei die ganze Erdkugel ein einziges Juwel, ein kolossaler Saphir, ein Edelstein, geschliffen in Form eines Planeten. Und im Feuer des großen, ruhigen Meeres glitt die *Judea* verschwindend klein dahin, umgeben von schlappen, unreinen Dünsten, in einer trägen Wolke, die leewärts zog, hell und langsam: eine Pestwolke, ein Fleck auf der Pracht des Meeres und des Himmels.

Die ganze Zeit über sahen wir natürlich kein Feuer. Die Kohle glomm irgendwo am Boden des Laderaums. Einmal sagte Mahon, als wir Seite an Seite arbeiteten, mit einem sonderbaren Lächeln: ›Wenn sie jetzt nur leckspränge – wie damals, als wir zum ersten Mal den Kanal hinter uns hatten –, das würde dieses Feuer zum Erlöschen bringen.

Nicht wahr?‹ Ich bemerkte beiläufig: ›Erinnern Sie sich noch der Ratten?‹

Wir bekämpften das Feuer und segelten so umsichtig weiter, als wäre nichts vorgefallen. Der Steward kochte und versorgte uns. Von den übrigen zwölf Mann arbeiteten jeweils acht, während vier ruhten. Jeder kam an die Reihe, der Kapitän eingeschlossen. Es herrschte Gleichheit, und wenn auch nicht gerade Brüderlichkeit, so doch weitgehende Einträchtigkeit. Manchmal brüllte ein Mann, wenn er eine Pütze voll Wasser in die Luke goss: ›Hurra für Bangkok!‹, und die Übrigen lachten. Doch im Allgemeinen waren wir schweigsam und ernst und durstig. Oh!, wie durstig! Und wir mussten sparsam mit dem Wasser umgehen. Knappe Rationen. Das Schiff rauchte, die Sonne sengte … Die Flasche, bitte.

Wir versuchten alles. Wir machten sogar Anstrengungen, uns zum Brandherd vorzugraben. Natürlich ohne Erfolg. Niemand hielt es länger als eine Minute unten aus. Mahon, der als Erster hinabstieg, wurde ohnmächtig, und dem Mann, der ihn heraufholen wollte, erging es ebenso. Wir schleppten sie an Deck hinauf. Dann sprang ich hinunter, um den andern zu zeigen, wie leicht das zu machen sei. Sie waren inzwischen weise geworden und beschränkten sich darauf, nach mir mit einem Kettenhaken zu angeln, der, soviel ich mich erinnere, an einen Besenstiel festgebunden war. Ich erbot mich nicht, noch einmal hinunterzusteigen, um meine Schaufel heraufzuholen, die unten liegen geblieben war.

Es begann, übel auszusehen. Wir fierten das Großboot zu Wasser. Das zweite Boot wurde zum Ausschwingen klar gemacht. Wir hatten auch noch ein anderes, ein vierzehn Fuß langes Dingi, auf Davits, achtern, wo es ziemlich sicher war.

Dann, stellt euch vor, ließ der Rauch plötzlich nach. Wir verdoppelten unsere Anstrengungen, den Unterraum zu überfluten. In zwei Tagen war aller Rauch verschwunden. Jedermann trug ein breites Lächeln zur Schau. Dies war an einem Freitag. Am Samstag wurde keine Arbeit getan, außer der natürlich, die das Bedienen der Segel erforderte. Die Männer wuschen zum ersten Mal seit vierzehn Tagen ihre Sachen und ihre Gesichter und erhielten ein besonders gutes Essen. Sie sprachen verächtlich von Selbstentzündung und gaben damit zu verstehen, *sie* müsse man rufen, wenn es gälte, solche Brände zu löschen. Irgendwie hatten wir alle das Gefühl, ein großes Vermögen geerbt zu haben. Doch ein ekelhafter Brandgeruch haftete dem Schiff an. Kapitän Beard hatte hohle Augen und eingesunkene Wangen. Ich hatte vorher nie so recht bemerkt, wie knorrig und gebeugt er war. Er und Mahon strichen behutsam um die Luken und Ventilatoren und schnupperten. Ich musste plötzlich denken, der arme Mahon sei doch ein sehr, sehr alter Knabe. Was mich anlangte, so war ich befriedigt und stolz, als hätte ich mein Teil dazu beigetragen, eine große Seeschlacht zu gewinnen. O Jugend!

Die Nacht war schön. Am Morgen passierte uns ein heimwärts laufendes Schiff, dessen Rumpf unter der Kimm blieb – das Erste, das wir seit Monaten gesichtet hatten; doch wir näherten uns endlich dem Land: Java Head war ungefähr hundertneunzig Meilen entfernt und musste bald im Norden auftauchen.

Am nächsten Tag hatte ich von acht bis zwölf Uhr Wache an Deck. Beim Frühstück bemerkte der Kapitän: ›Merkwürdig, wie dieser Geruch hier bei der Kajüte hängen bleibt.‹ Gegen zehn stieg ich, da der Erste Offizier gerade auf der Poop war, für einen Augenblick auf das Oberdeck hinunter. Die Hobelbank stand achtern dem Großmast: Ich lehnte mich, meine Pfeife rauchend, dagegen, und der Schiffszimmermann, ein junger Bursche, trat herzu, um sich mit mir zu unterhalten. Er meinte: ›Sieht so aus, als hätten wir ganze Arbeit geleistet, was?‹, und dann bemerkte ich zu meinem großen Verdruss, dass der Narr anscheinend versuchte, die Bank umzukippen. Ich sagte schroff: ›Lassen Sie das, Chips‹, und hatte unmittelbar darauf ein merkwürdiges Gefühl, eine alberne Wahnvorstellung – mir war nämlich, als schwebte ich durch die Luft. Rings um mich her hörte ich so etwas wie den Aushauch eines aufgestauten Atems – so als hätten tausend Riesen gleichzeitig Puuh! gesagt – und dann spürte ich einen dumpfen Aufprall, bei dem mir alle Rippen schmerzten. Kein Zweifel – ich schwebte durch die Luft, und mein Körper beschrieb eine kurze Parabel. So kurz sie indessen war, blieb doch Zeit genug für allerlei Gedanken, und zwar kamen sie mir – soviel ich mich entsinne – in dieser Reihenfolge: ›Das kann nicht der

Schiffszimmermann sein. Was ist es also? – Eine Katastrophe – Vulkanausbruch unter Wasser? – Kohlen, Gas – Himmel! wir werden in die Luft gesprengt – Alle sind tot – Ich falle in die Achterluke – Ich sehe Feuer darin.‹

Der Kohlenstaub, der die Luft des Laderaums erfüllte, war im Augenblick der Explosion dunkelrot aufgeglüht. Im Handumdrehen, den winzigsten Bruchteil einer Sekunde nach der ersten Neigung der Hobelbank, lag ich längelang auf der Ladung. Ich raffte mich auf und kletterte hinaus. Das geschah so rasch, als wäre ich zurückgeschnellt. Das Deck war eine Wildnis zertrümmerter Balken, die kreuz und quer übereinander lagen, wie nach einem Wirbelsturm die Baumstämme in einem Wald, sanft bauschte sich vor mir ein gewaltiger Vorhang aus grobem Tuch – es war das Großmarssegel, das zerrissen war. Ich dachte, der Mast müsse gleich kippen, und hastete, um nicht getroffen zu werden, auf allen vieren zur Pooptreppe. Der erste Mensch, dem ich begegnete, war Mahon. Er hatte Augen, groß wie Untertassen, sperrte den Mund weit auf, und das lange weiße Haar stand ihm rings um den Kopf zu Berge wie ein Heiligenschein. Er war soeben im Begriff gewesen, hinunterzugehen, als ihn der Anblick des Großdecks, das in Bewegung geriet, sich aufbäumte und vor seinen Augen in Splitter verwandelte, auf der obersten Stufe zu Stein erstarren ließ. Ich blickte ihn ungläubig an, und er stierte mit sonderbar entsetzter Neugierde auf mich herab. Ich wusste ja nicht, dass ich keine Haare mehr hatte, keine Augenbrauen, keine Wimpern, dass mein junger Schnurrbart fortgesengt, dass mein Gesicht schwarz war, die eine Wange aufgeschlitzt, meine Nase zerschrammt, und dass mein Kinn blutete. Ich hatte meine Mütze verloren samt einem meiner Pantoffel, und mein Hemd war zerrissen. All das entging mir. Ich war verblüfft, das Schiff noch immer schwimmend zu sehen, die Poop heil – und vor allem war ich verblüfft, noch jemand am Leben zu sehen. Auch der Friede des Himmels und die strahlende Heiterkeit des Meeres waren ausgesprochen überraschend. Vermutlich hatte ich erwartet, sie in einem Schreckensaufruhr zu sehen ... Bitte, die Flasche.

Von irgendwo rief eine Stimme das Schiff an – aus der Luft, aus dem Himmel – ich konnte es nicht sagen. Plötzlich sah ich den Kapitän – und der war von Sinnen. Er fragte mich eifrig: ›Wo ist nur der Kajütstisch?‹, und bei dieser Frage packte mich das helle Entsetzen. Soeben war ich durch die Luft geschleudert worden, versteht ihr, und dieses Erlebnis bebte noch in mir nach – ich war mir nicht einmal ganz sicher, ob ich noch am Leben war. Mahon begann, mit beiden Füßen aufzustampfen und schrie seinen Kapitän an: ›Gütiger Gott! Sehen Sie denn nicht, dass das Deck in die Luft geflogen ist?‹ Ich fand die Sprache wieder und stotterte, als sei ich mir einer großen Pflichtvergessenheit bewusst geworden: ›Ich weiß nicht, wo der Kajütstisch geblieben ist.‹ Es war wie ein aberwitziger Traum. Wisst ihr, was er als Nächstes im Sinne hatte? Nun, er wollte die Rahen getrimmt haben. Sehr sanft und wie in Gedanken verloren, bestand er darauf, dass die Fockrahe vierkant geholt werde. ›Ich weiß nicht, ob noch jemand am Leben ist‹, sagte Mahon, den Tränen nahe. ›Gewiss‹, sagte er ruhig, ›werden noch genug übrig sein, um die Fockrahe vierkant zu brassen.‹

Der alte Knabe war anscheinend in seiner eigenen Kammer gewesen und hatte die Chronometer aufgezogen, als die Explosion ihn um seine eigene Achse wirbeln ließ. Sogleich sei ihm der Gedanke gekommen – sagte er später –, das Schiff müsse etwas gerammt haben, und da sei er in die Kajüte hinausgestürmt. Hier sah er nun, dass der Kajütstisch verschwunden war. Als das Deck in die Luft flog, war der Tisch natürlich ins Lazarett hinabgefallen. Dort, wo wir am Morgen unser Frühstück eingenommen hatten, sah er jetzt nur noch ein gähnendes Loch im Boden. Dies erschien ihm so fürchterlich rätselhaft und beeindruckte ihn so tief, dass ihm alles, was er hernach sah und hörte, als er an Deck kam, im Vergleich hierzu wie bloße Spielerei vorkam. Und, wohlgemerkt, er stellte sogleich fest, dass das Ruder verlassen und seine Bark vom Kurs abgekommen war – und sein einziges Anliegen war es, dieses erbärmliche, abgetakelte, abgedeckte, qualmende Gerippe von einem Schiff wieder mit dem Kopf in Richtung auf den Bestimmungshafen zu bringen. Bangkok! Darauf kam es ihm an. Ich sage auch, dieser ruhige, gebeugte, krummbeinige, fast krüppelhafte kleine Mann war gewaltig in seiner Entschlossenheit und in seiner gelassenen Missachtung unserer Aufregung. Er schickte uns mit einer gebieterischen Handbewegung nach vorn und übernahm selbst das Ruder.

Ja, das war das Erste, was wir taten – wir trimmten die Rahen dieses Wracks! Niemand war getötet oder auch nur dienstunfähig gemacht worden, doch jeder war mehr oder weniger verletzt. Ihr hättet sie sehen sollen! Manche waren zerlumpt, mit schwarzen Gesichtern, wie Kohlenträger, wie Schornsteinfeger, und manche hatten Kugelköpfe, die anscheinend glatt rasiert, doch in Wirklichkeit bis zur Haut abgesengt waren. Andere von der Freiwache, die dadurch geweckt worden waren, dass sie aus ihren zusammenbrechenden Kojen geschleudert wurden, zitterten und stöhnten noch, als wir uns schon wieder an die Arbeit gemacht hatten. Doch alle arbeiteten. Diese Mannschaft aus hart gesottenen Liverpooler Seeleuten war schon vom rechten Schlag. Meiner Erfahrung nach ist das immer so. Es ist die See, die ihnen das schenkt – die Weite, die Einsamkeit, die ihre dunklen, stumpfen Seelen umgibt. Ah! Nun! Wir stolperten, wir krochen, wie fielen hin, wir schürften uns die Schienbeine an den Trümmern auf – wir holten die Brassen an. Die Masten standen noch, aber wir wussten nicht, wie weit sie unten verkohlt waren. Es war fast windstill, doch eine lange Dünung kam aus West und ließ das Schiff rollen. Sie konnten jeden Augenblick umstürzen. Wir sahen sie furchtsam an. Man konnte nicht vorhersagen, in welcher Richtung sie fallen würden.

Dann zogen wir uns auf das Achterschiff zurück und sahen uns um. Das Deck war ein Gewirr von gekanteten und hoch geworfenen Bohlen, von Splittern, von zertrümmertem Holzwerk. Die Masten erhoben sich aus diesem Chaos wie große Bäume aus verfilztem Unterholz. Die Zwischenräume dieser Trümmermasse waren angefüllt mit etwas Weißlichem, träge Fließendem, Quirlendem – etwas, das wie ein fettiger Nebel aussah. Der Rauch des unsichtbaren Feuers drang wieder herauf, kroch dahin wie ein giftiger, dichter Wrasen in einem mit morschem Holz voll gestopften Tal. Schon ringelten sich träge Rauchwölkchen aus der Masse zersplitterten Holzes. Hier und dort ragten Balken senkrecht wie Pfosten auf. Die Hälfte der Nagelbank am Großmast war durch die Fock gesaust, und der Himmel bildete einen Flecken glorreichen Blaus in der schmählich besudelten Leinwand. Einige noch zusammenhaltende Planken waren auf das Schanzkleid gefallen, und ihr eines Ende hing über Bord hinaus wie eine Laufplanke, die ins Nichts führt, über das tiefe Meer hin, in den Tod – als wollte sie uns einladen, sogleich über sie zu treten und mit unserem lächerlichen Ungemach abzuschließen. Und dennoch rief die Luft, der Himmel – ein Geist, etwas Unsichtbares das Schiff an.

Jemand besaß die Geistesgegenwart, über das Schanzkleid zu blicken, und da war der Rudermann, der impulsiv über Bord gesprungen war und der jetzt zurückkommen wollte. Er brüllte und schwamm munter wie ein Meermann und hielt Schritt mit dem Schiff. Wir warfen ihm ein Tau zu, und alsbald stand er triefnass und sehr kleinmütig unter uns. Der Kapitän hatte das Ruder abgegeben, stand abseits und starrte, die Ellenbogen auf die Reling gestützt und das Kinn in der Hand, wehmütig auf das Meer. Wir fragten uns: Was nun? Ich dachte: Das ist wirklich einmal was Rechtes. Das ist groß. Was jetzt wohl geschehen mag? O Jugend!

Plötzlich sichtete Mahon weit achtern einen Dampfer. Kapitän Beard sagte: ›Wir können's mit der Bark vielleicht doch noch schaffen.‹ Wir hissten zwei Flaggen, was in der internationalen Sprache der Seefahrt besagt: ›Feuer im Schiff. Erbitten sofortige Hilfe.‹ Der Dampfer wurde rasch größer und zeigte bald zwei Flaggen im Vortopp. Sie hatten die Bedeutung: ›Ich komme Ihnen zu Hilfe.‹

Eine halbe Stunde später war er heran, luvwärts, in Rufweite, und rollte leicht mit gestoppter Maschine. Wir verloren die Fassung und schrien alle auf einmal: ›Wir sind in die Luft geflogen.‹ Ein Mann in weißem Tropenhelm auf der Brücke rief: ›Ja! Schon gut! Schon gut!‹, nickte mit dem Kopf, lächelte und machte beruhigende Handbewegungen wie vor einer erschreckten Kinderschar. Eines der Boote ging zu Wasser und kam mit langen Schlägen über das Meer zu uns herüber. Vier Kalaschen pullten kräftig an den Riemen. Dies war das erste Mal, dass ich malaiische Seeleute zu Gesicht bekam. Ich habe sie seither zur Genüge kennen gelernt, doch was mich damals beeindruckte, das war ihre Gleichmütigkeit: Sie kamen längsseits, und nicht einmal der Bugmann, der aufgestanden war und sich mit dem Bootshaken an den Großrüsten festhielt, geruhte, seinen Kopf zu heben und einen Blick hinaufzuwerfen. Ich dachte, Leute, deren Schiff in die Luft geflogen ist, hätten mehr Beachtung verdient. Ein kleiner Mann, spindeldürr und beweglich wie ein Affe, kletterte herauf. Es war der Erste Offizier des Dampfers. Er warf einen Blick auf das Deck und rief: ›O Leute – ihr verlasst besser das Schiff.‹

Wir schwiegen. Er unterhielt sich eine Weile abseits mit dem Kapitän – schien ihn überreden zu wollen. Dann fuhren sie gemeinsam zum Dampfer hinüber.

Als unser Kapitän zurückkehrte, hörten wir, dass der Dampfer die *Somerville* sei, Kapitän Nash, von Westaustralien nach Singapore, via Batavia, mit Post, und dass man übereingekommen sei, uns ins Schlepptau zu nehmen und nach Anjer oder, wenn möglich, nach Batavia zu bringen, wo wir das Feuer durch Fluten des Laderaums löschen und danach unsere Reise fortsetzen könnten – nach Bangkok! Der alte Herr schien ganz aufgeregt: ›Wir werden es doch noch schaffen‹, sagte er mit Ungestüm zu Mahon. Er hob trotzig die Faust zum Himmel. Niemand sonst sagte ein Wort.

Um die Mittagszeit begann der Dampfer zu schleppen. Schlank und hoch lief er vor uns her, und was von der *Judea* übrig war, folgte am Ende einer siebzig Faden langen Schlepptrosse – folgte ihm eilig wie eine Rauchwolke, aus der oben Mastspitzen herausragten. Wir gingen in die Toppen, um die Segel festzumachen. Wir husteten, waren aber gewissenhaft bemüht, die Segel glatt auf die Rahen zu holen. Könnt ihr euch vorstellen, wie unsere Schar sauber die Segel dieses Schiffes festmachte, das dazu verurteilt war, nirgends hinzugelangen? Unter uns war keiner, der nicht damit rechnete, dass jeden Augenblick die Masten kippen könnten. Von dort oben konnten wir vor Rauch das Schiff nicht sehen, und die Männer arbeiteten doch mit Sorgfalt, holten die Seisinge in gleichmäßigen Törns herum. ›Hafenmäßig festmachen – ihr da oben!‹, rief Mahon von Deck.

Versteht ihr? Ich glaube, dass keiner der Burschen damit rechnete, auf normale Weise wieder hinunter zu gelangen. Als es dann doch geschah, hörte ich sie untereinander sagen: ›Nun, ich dachte schon, wir kämen über Bord herunter, in Bausch und Bogen – samt Masten und allem – verdamm mich, wenn ich das nicht dachte.‹ ›Das dachte ich im Stillen auch‹, antwortete dann müde eine andere zerschrammte und verbundene Vogelscheuche. Und wohlgemerkt: Dies hier waren Männer, denen die eingedrillte Gewohnheit des Gehorsams fehlte. Einem Zuschauer wären sie als übles Lumpenpack erschienen, ohne jeden versöhnlichen Zug. Was veranlasste sie, dies zu vollbringen – was veranlasste sie, mir zu gehorchen, als ich, völlig im Klaren darüber, wie gut das sei, sie zweimal die Mitte des Fock wieder losmachen ließ, damit sie das Segel noch besser festmachten? Was? Sie hatten keine Berufsehre – hatten keine Vorbilder, erwarteten kein Lob. Es war nicht Pflichtgefühl, sie wussten alle sehr wohl, wie man sich drückt, wie man faulenzt und einer Sache ausweicht – wenn sie es darauf anlegten –, und das hatten sie meistens getan. Waren es die zweieinhalb Pfund pro Monat, die sie hier heraufschickten? Sie hielten ihre Heuer nicht halbwegs für angemessen. Nein, es war etwas in ihnen, etwas Eingeborenes und Verborgenes und Dauerhaftes.

Ich möchte nicht gerade behaupten, dass die Besatzung eines französischen oder deutschen Handelsschiffes nicht ebensolches vollbracht hätte, aber ich bezweifle, dass sie es in derselben Weise vollbracht hätte. Eine Vollkommenheit lag darinnen, etwas, das gediegen war wie ein Prinzip und unfehlbar wie ein Instinkt – eine Offenbarung von etwas Geheimem – von jenem verborgenen Etwas, jener Begabung zum Guten oder Bösen, die Rassenunterschiede ausmacht, die das Geschick einer Nation formt.

In dieser Nacht um zehn Uhr war es, dass wir zum ersten Mal, seitdem wir es bekämpften, des Feuers ansichtig wurden. Von der Fahrt in Schlepp war der schwelende Brand angefacht worden. Ein blauer Glanz tauchte vorne auf und leuchtete unter den Trümmern des Decks hervor. Er verschob sich, schien sich zu regen und weiterzukriechen, wie das Licht eines Glühwürmchens. Ich sah ihn als Erster und meldete es Mahon: ›Dann ist es aus mit dem Spiel‹, sagte er. ›Wir sollten das Schleppen lieber abstoppen, sonst schlagen die Flammen plötzlich vorn und achtern hoch, ehe wir von Bord kommen. Wir begannen zu brüllen, läuteten die

Schiffsglocke, um die Aufmerksamkeit der anderen auf uns zu lenken, sie schleppten weiter. Schließlich mussten Mahon und ich nach vorn kriechen und die Trosse mit einer Axt kappen. Es blieb keine Zeit, sie loszuwerfen. Man konnte die roten Flammenzungen sehen, die um das Splitterwerk unter unseren Füßen leckten, als wir uns einen Weg zur Poop bahnten.

Natürlich bemerkten sie auf dem Dampfer sehr bald, dass die Trosse los war. Sie gaben einen langen Warnton mit der Dampfpfeife, man sah, wie die Seitenlichter einen weiten Kreis beschrieben, dann kam der Dampfer dicht längsseits und stoppte. Wir standen alle eng zusammengedrängt auf der Poop und schauten hinüber. Jeder hatte ein kleines Bündel oder einen Seesack gerettet. Plötzlich schoss auf dem Vorschiff eine kegelförmige Flamme mit spiralig gewundener Spitze hoch und warf einen Lichtkreis auf das schwarze Meer, in dessen Mittelpunkt die beiden Schiffe Seite an Seite lagen und sanft auf und nieder stampften. Seit Stunden hatte Kapitän Beard reglos und stumm auf der Gräting gesessen, doch jetzt erhob er sich langsam und trat vor uns an die

Besanwanten. Kapitän Nash rief: ›Kommen Sie! Beeilen Sie sich. Ich habe Post an Bord. Ich nehme Sie und Ihre Boote nach Singapore mit.‹

›Vielen Dank! Nein!‹, sagte unser Kapitän. ›Wir müssen das Ende des Schiffes abwarten.‹

›Ich kann mich nicht länger aufhalten‹, rief der andere. ›Post – Sie wissen.‹

›Ja! Ja! Wir kommen schon durch.‹

›Also gut! Ich werde Sie in Singapore melden … Auf Wiedersehen!‹

Er winkte mit der Hand. Unsere Männer ließen still ihre Bündel sinken. Der Dampfer nahm Fahrt auf und entschwand, als er den Lichtkreis verlassen, sogleich unseren Blicken, die von den wütend auflodernden Flammen geblendet wurden. Und da wusste ich, dass ich den Osten zum ersten Mal als Kommandant eines kleinen Bootes sehen würde. Ich fand das schön, und auch die Treue gegen das alte Schiff war schön. Wir sollten sein Ende abwarten. Oh, der zauberische Glanz der Jugend! Oh, das Feuer in ihr, blendender als die Flammen eines brennenden Schiffes, das Feuer, das sein magisches Licht über die weite Erde wirft und kühn zum Himmel aufspringt, und das alsbald von der

Zeit erdrückt wird, die grausamer, erbarmungsloser, bitterer ist als das Meer – und gleich den Flammen des lodernden Schiffes war es, das Feuer der Jugend, von undurchdringlicher Nacht umgeben.

Der alte Mann wies uns in seiner sanften und unbeugsamen Art darauf hin, dass es ein Teil unserer Pflicht sei, so viel von der Ausrüstung des Schiffes, wie wir nur könnten, für die Versicherungsgesellschaft zu retten. Demgemäß machten wir uns achtern an die Arbeit, während vorne das Schiff in Flammen stand und uns reichlich Licht spendete. Wir zerrten eine Menge unnützes Zeug an Deck. Was retteten wir nicht alles? Ein altes Barometer, das mit einer Unmenge Schrauben befestigt war, kostete mich fast mein Leben: Ich geriet plötzlich in eine Raucheruption und entkam nur mit knapper Not. Es waren einige Vorräte vorhanden, Segeltuchballen, Taurollen; die Poop glich einem Ausrüstungslager, und die Boote wurden bis zum Dollbord voll gestopft. Man hätte meinen können, der alte Mann wolle so viel von seinem ersten Kommando mitnehmen, wie nur irgend möglich. Er war sehr, sehr ruhig, doch offensichtlich nicht mehr ganz bei Verstand. Ist es zu fassen? Er wollte eine Kettenlänge eines alten Stromankers und einen Warpanker in das Großboot mitnehmen. Wir sagten ehrerbietig: ›Ja, ja, Sir‹, und beförderten die Dinge insgeheim über Bord. Auch die schwere Arzneikiste ging diesen Weg, zwei Sack grüne Kaffeebohnen, Farbdosen – stellt euch vor, Farbe! – ein ganzer Haufen solchen Plunders. Dann wurde ich mit zwei Matrosen in die Boote geschickt, um alles zu verstauen und dafür zu sorgen, dass sie klar waren, wenn es Zeit wurde, das Schiff zu verlassen.

Wir brachten alles in Ordnung, setzten den Mast des Großbootes ein, das der Kapitän führen wollte, und ich bedauerte nicht, mich für einen Augenblick setzen zu können. Mein Gesicht fühlte sich wund an, die Glieder schmerzten, als wären sie allesamt gebrochen, ich spürte meine Rippen und hätte geschworen, eine Rückgratzerrung davongetragen zu haben. Die Boote hinter dem Heck lagen in tiefem Schatten, und ringsum konnte ich den Kreis des Meeres sehen, der von der Feuersbrunst beleuchtet wurde. Vorne loderte senkrecht und klar eine mächtige Flamme. Sie flackerte wütend, begleitet bald von Donnergrollen, bald von einem Geräusch wie Flügelschwirren. Man hörte Geknatter und Geknall, und von dem Flammenkegel stoben hoch die Funken auf, da der Mensch nun einmal zur Mühsal geboren ist, zu lecken Schiffen und zu Schiffen, die in Flammen stehen.

Was mich ärgerte, war, dass die Boote, da das Schiff quer zur Dünung und dem bisschen Brise, das wir hatten, lag – einem bloßen Lüftchen –, nicht achtern bleiben wollten, wo sie sicher gewesen wären, sondern in der dickfelligen Art, die Booten eigen ist, beharrlich versuchten, unter das Heck und dann längsseits zu treiben. Sie stießen gefährlich gegeneinander und gerieten in die Nähe der Flammen, während das Schiff gegen sie rollte. Und natürlich war ständig zu befürchten, dass die Masten über Bord gingen. Ich und meine beiden Leute hielten die Boote, so gut wir es mit Riemen und Bootshaken vermochten, vom Schiff ab, aber sich unentwegt mit den Booten abplagen zu müssen wurde auf die Dauer sehr lästig; zumal nicht einzusehen war, weshalb wir das Schiff nicht unverzüglich verlassen sollten. Die an Bord waren nicht zu sehen, und wir konnten uns gar nicht vorstellen, was diese Verzögerung bewirkt haben mochte. Die Leute fluchten leise, und ich hatte nicht nur meinen Teil der Arbeit zu leisten, sondern musste auch noch zwei Männer bei der Stange halten, die eine beständige Neigung zeigten, sich niederzulegen und den Dingen ihren Lauf zu lassen.

Schließlich rief ich hinauf: ›Heh, an Deck‹, und jemand blickte über die Reling. ›Wir sind hier klar‹, sagte ich. Der Kopf verschwand und tauchte gleich wieder auf. ›Der Kapitän sagt, es sei gut, und dass die Boote ja klar vom Schiff gehalten würden.‹

Eine halbe Stunde verstrich. Plötzlich entstand ein fürchterliches Getöse, Rattern, Kettengeklirr, Gezisch, und dann stoben Millionen Funken in der bebenden Rauchsäule auf, die in leichter Schräge über dem Schiff stand. Die Kranbalken waren verbrannt, und die beiden rotglühenden Anker waren ins Meer gefallen, wobei sie zweihundert Faden glühend heißer Ketten mit sich rissen. Das Schiff erzitterte, die Flammenmasse schwankte, als sei sie bereit, in sich zusammenzusinken, und die Bramstenge kam von oben. Sie sauste wie ein Feuerpfeil nieder, schoss ins Wasser und tauchte sogleich wieder in Riemenlänge von den Booten auf; dann trieb sie ruhig und sehr schwarz über das beleuchtete Meer. Ich rief abermals das Deck an. Nach einer Weile erschien ein Mann und unterrichtete mich unerwartet munter und in gedämpftem Ton, so als versuche er, mit vollem Mund zu sprechen: ›Kommen sogleich, Sir.‹ Dann verschwand er wieder. Eine Weile hörte ich nichts als das Schwirren und Brüllen des Feuers. Auch pfeifende Geräusche waren darunter. Die Boote tanzten, zerrten an den Bootsleinen, rannten spielerisch ineinander, schlugen mit den Dollen gegeneinander, oder – wir mochten uns anstellen, wie wir wollten – schwangen alle auf einmal gegen die Bordwand. Ich hielt es nicht länger aus, kletterte ein Tauende hoch und sprang über das Heck an Bord.

Oben war es taghell. Die Feuerwand, auf die ich stieß, als ich heraufkam, war ein erschreckender Anblick und die Hitze anfangs kaum zu ertragen. Auf einem Sofapolster, das aus der Kajüte gezerrt worden war, schlief Kapitän Beard, die Beine hoch gezogen und den einen Arm unter dem Kopf, während der Feuerschein über ihn hinzuckte.

Wisst ihr, womit das übrige Schiffsvolk beschäftigt war? Es saß auf dem Achterdeck um eine offene Kiste, aß Brot und Käse und trank dazu Bier aus Flaschen.

Vor diesem Hintergrund wütend über ihren Köpfen aufzüngelnder Flammen schienen sich die Männer zu Hause zu fühlen wie Salamander und sahen dabei aus wie eine Rotte verwegener Piraten. Das Feuer funkelte im Weiß ihrer Augäpfel, glänzte auf der hellen Haut, die durch zerfetzte Hemden schimmerte. Jeder trug Spuren an sich wie von einer Schlacht – hier ein verbundener Kopf, dort ein Arm in der Schlinge, schmutzige Lappen um ein Knie – und jeder hatte eine Flasche vor sich stehen, ein Stück Käse in der Hand. Mahon stand auf. Mit seinem prächtigen, abenteuerlichen Kopf, seinem hakennasigen Profil, seinem langen weißen Bart und mit der entkorkten Flasche in der Hand ähnelte er einem jener tollkühnen Seeräuber früherer Zeiten, die es sich wohl sein ließen inmitten von Unheil und Zerstörung. ›Die letzte Mahlzeit an Bord‹, erklärte er feierlich. ›Wir hatten den ganzen Tag noch nichts gegessen, und es hat keinen Sinn, dies alles umkommen zu lassen.‹ Er schwenkte die Flasche und deutete auf den schlafenden Kapitän. ›Er sagte, er bringe doch nichts hinunter, so überredete ich ihn, sich hinzulegen‹, fuhr Mahon fort, und ich starrte ihn an. ›Ich weiß nicht, ob Sie sich bewusst sind, junger Mann, dass die Leute schon seit Tagen nicht mehr richtig geschlafen haben – und in diesen Booten wird es ebenfalls verdammt wenig Schlaf geben.‹ ›Es wird bald keine Boote mehr geben, wenn Sie sich noch lange hier oben herumdrücken‹, sagte ich ärgerlich. Ich schritt zum Kapitän und rüttelte ihn an der Schulter. Schließlich öffnete er die Augen, rührte sich aber nicht. ›Zeit, von Bord zu gehen, Sir‹, sagte ich leise.

Er stand mühsam auf, warf einen Blick auf die Flammen, auf das Meer – glitzernd rings um das Schiff, und weiter draußen schwarz, schwarz wie Tinte. Er blickte zu den Sternen auf, die schwach durch einen dünnen Rauchschleier schimmerten – in einem Himmel, der schwarz war, schwarz wie Erebos.

›Die Jüngsten voran‹, sagte er.

Und der Leichtmatrose wischte sich den Mund mit dem Handrücken ab, stand auf, kletterte über die Heckreling und verschwand. Andere folgten. Schon im Begriff überzusteigen, hielt einer von ihnen inne, um seine Flasche zu leeren und sie dann mit kräftigem Schwung ins Feuer zu werfen. ›Da hast du was‹, rief er.

Untröstlich, zauderte der Kapitän noch immer, und wir ließen ihn oben zurück, damit er eine Weile allein Zwiesprache mit seinem ersten Kommando halten könne. Dann kletterte ich abermals hinauf und brachte ihn schließlich vom Schiff herunter. Es war auch höchste Zeit. Die eisernen Stützen auf der Poop fühlten sich schon heiß an.

Dann wurde die Fangleine gekappt, und die drei miteinander verbundenen Boote trieben vom Schiff ab. Es war genau sechzehn Stunden nach der Explosion, als wir das Schiff verließen. Mahon übernahm den Befehl im zweiten Boot, und ich bekam das kleinste – das Vierzehn-Fuß-Dingi. Das Großboot hätte uns mit Leichtigkeit alle aufnehmen können, doch der Kapitän hatte ja darauf bestanden, so viel wie möglich von der Schiffsausrüstung zu retten (für die Versicherungsgesellschaft) – und so erhielt ich mein erstes Kommando. Ich hatte zwei Männer unter mir, einen

Sack Bisquits, ein paar Büchsen Fleisch und ein Bootsfass mit Wasser. Ich hatte Order, mich dicht beim Großboot zu halten, damit wir im Fall eines Unwetters übergenommen werden könnten.

Und wisst ihr, was ich im Sinn hatte? Ich beabsichtigte, mich so bald als möglich von den andern zu trennen. Ich wollte mein erstes Kommando ganz für mich alleine haben. Ich dachte nicht daran, im Geschwader zu segeln, wenn sich die Gelegenheit zu einer unabhängigen Kreuzfahrt bot. Ich wollte selbständig an Land kommen. Ich wollte die anderen Boote schlagen. Jugend! Alles nur Jugend! Die dumme, zauberhafte, herrliche Jugend.

Doch wir setzten uns nicht sogleich in Bewegung. Wir mussten ja erst das Ende des Schiffes abwarten. Und so trieben in jener Nacht die Boote umher, hoben und senkten sich in der Dünung. Die Männer dämmerten vor sich hin, wachten auf, seufzten, stöhnten. Ich sah das brennende Schiff an.

Zwischen der Dunkelheit der Erde und des Himmels brannte es lichterloh auf einer Scheibe purpurnen Wassers, das durchwirkt war vom blutroten Funkenspiel: auf einer zugleich glitzernden und finsteren Wasserscheibe. Eine hohe, klare Flamme, eine gewaltige und einsame Flamme, wuchs aus dem Ozean, und von ihrer Spitze quoll der schwarze Rauch unablässig in den Himmel. Das Schiff brannte wütend, trauervoll und imposant wie ein Scheiterhaufen, der des Nachts entfacht wird, umgeben vom Meer, bewacht von den Sternen. Ein strahlender Tod ward dem alten Schiff wie eine Gnade, wie ein Geschenk, wie eine Belohnung am Ende seiner mühseligen Tage beschieden. Die Hingabe seines müden Geistes in die Obhut der Sterne und des Meeres war ergreifend wie der Anblick eines glorreichen Sieges. Kurz vor Morgengrauen fielen die Masten, und für einen Augenblick kam es zu einem Schwall und Gestöber von Funken, der die geduldige und wachsame Nacht, die riesige Nacht, die schweigend über dem Meer lag, mit flirrendem Feuer erfüllte. Bei Tagesanbruch war die Bark nur noch ein verkohltes Gerippe, das gemächlich unter einer Rauchwolke dahintrieb und in sich eine glühende Kohlenmasse barg.

Dann nahmen wir die Riemen bei, die Boote

formierten sich in Linie und fuhren wie in einer Prozession um das Schiff herum – das Großboot an der Spitze. Als wir um das Heck pullten, schoss von dort ein schlanker Feuerstrahl bösartig nach uns heraus, und unversehens versank das Schiff unter gewaltigem Gezisch kopfüber in den Fluten. Das noch nicht aufgezehrte Heck verschwand als Letztes, doch die Farbe war fort, war geborsten, war abgeblättert, und keine Lettern standen mehr dort, kein Wort, keine trotzige Devise, die wie des Schiffes Seele gewesen – nichts, womit es der aufgehenden Sonne sein Glaubensbekenntnis, seinen Namen hätte entgegenfunkeln können.

Wir machten uns auf den Weg nach Norden. Eine Brise kam auf, und gegen Mittag fanden sich alle Boote zum letzten Mal zusammen. Ich hatte in dem meinen weder Mast noch Segel; doch ich fertigte aus einem überzähligen Riemen einen Mast an und zog eine Bootsplane als Segel auf, mit einem Bootshaken als Rahe. Das Boot war freilich übertakelt, doch ich hatte die Genugtuung zu wissen, dass ich mit dem achterlichen Wind die beiden anderen Boote schlagen würde. Ich musste auf sie warten. Dann taten wir alle einen Blick auf die

Seekarte des Kapitäns und erhielten nach einem geselligen Mahl, bestehend aus Hartbrot und Wasser, unsere letzten Instruktionen. Sie waren recht einfach: nach Norden halten und so dicht wie möglich zusammenbleiben. ›Seien Sie vorsichtig mit dieser Nottakelung, Marlow‹, sagte der Kapitän; und Mahon rümpfte, als ich stolz an seinem Boot vorbeisegelte, die gebogene Nase und rief: ›Sie segeln Ihr Schiff noch unter Wasser, wenn Sie sich nicht vorsehen, junger Mann.‹ Er war ein boshafter alter Geselle – und möge ihn die See, in der er jetzt ruht, sacht wiegen, liebevoll, bis ans Ende der Zeit!

Vor Sonnenuntergang ging ein schwerer Regenschauer über die beiden Boote hinweg, die weit achteraus fuhren, und das war das Letzte, was ich für eine Weile von ihnen sah. Am nächsten Tag saß ich am Ruder meiner Nussschale – mein erstes Kommando –, mit nichts als Wasser und Himmel um mich her. Am Nachmittag sichtete ich die oberen Segel eines Schiffes in weiter Ferne, sagte aber nichts, und meine Leute bemerkten sie nicht. Wisst ihr, ich fürchtete, das Schiff könnte auf der Heimfahrt sein, und ich hatte nicht die Absicht, vor den Portalen des Ostens umzukehren. Ich hielt mein Boot auf Java zu – auch so ein gesegneter Name – gleich Bangkok, wisst ihr. Ich steuerte viele Tage.

Ich muss euch nicht erst sagen, was es bedeutete, sich in einem offenen Boot durchzuschlagen. Ich erinnere mich an nächte- und tagelange Windstille, in der wir pullen mussten – pullen, während das Boot stillzustehen schien – wie verhext im Zirkel des Horizonts. Ich erinnere mich an die Hitze, die Sintflut der Regenschauer, die uns ums liebe Leben Wasser schöpfen ließen (aber auch unser Bootsfass füllten), und ich erinnere mich an sechzehn Stunden ohne Unterbrechung, mit einem Mund trocken wie Schlacke, den Steuerriemen über das Heck ausgelegt, um den Kopf des Bootes gegen die stürmische See zu halten. Bis dahin hatte ich nicht gewusst, was ich für ein Kerl war. Ich erinnere mich an die langen Gesichter, die entmutigten Figuren meiner beiden Leute, und ich erinnere mich an meine Jugend und das Gefühl, das nie wiederkehren wird – das Gefühl, ich könnte in alle Ewigkeit aushalten, könnte das Meer, die Erde und alle Menschen überdauern;

das trügerische Gefühl, das uns in Freuden, in Gefahren, in die Liebe lockt, in eitle Unternehmungen – in den Tod, das glorreiche Bewusstsein der Stärke; die Hitze des Lebens in dieser Hand voll Staub, die Glut des Herzens, die mit jedem Jahr trüber wird, kälter, kleiner, und erlischt – und erlischt, zu bald, allzu bald – noch vor dem Leben selbst.

Und so nun sehe ich den Osten. Ich habe seine geheimen Plätze geschaut und in seine innerste Seele geblickt; aber nun sehe ich ihn immer von einem kleinen Boot aus: einen hohen Gebirgszug, blau und in weiter Ferne – am Morgen; ein leichter Dunst – am Mittag; eine gezackte Purpurwand – bei Sonnenuntergang. Ich habe noch das Gefühl des Steuerriemens in der Hand, das Bild der sengenden blauen See vor Augen. Und ich sehe eine Bucht, eine breite Bucht, glatt wie Glas und blank wie Eis, schimmernd in der Dunkelheit. In der Ferne brennt ein rotes Licht über der Düsternis des Landes, und die Nacht ist weich und warm. Mit schmerzenden Armen ziehen wir an den Riemen, und plötzlich dringt ein Windstoß, ein sanfter und lauer Windstoß, beladen mit sonderbaren

Düften von Blüten, von aromatischen Hölzern, aus der stillen Nacht – der erste Hauch des Ostens, der über mein Gesicht streicht. Das werde ich nie vergessen. Es war unfassbar und betörend wie ein Zauber, wie eine geflüsterte Verheißung geheimnisvoller Freuden.

Wir hatten auf dieser letzten Wegstrecke elf Stunden lang gepullt. Zwei Mann pullten, und derjenige, der gerade an der Reihe war auszuruhen, saß am Steuerriemen. Wir hatten das rote Licht in jener Bucht ausgemacht und hielten darauf zu, in der Annahme, dass es einen kleinen Küstenhafen bezeichne. Wir kamen an zwei Booten vorüber, fremdländischen Fahrzeugen mit hohem Heck, die vor Anker liegend schliefen, und als wir uns dem Licht näherten, das jetzt sehr schwach leuchtete, stiegen wir mit dem Steven des Bootes gegen den Molenkopf. Wir waren blind vor Erschöpfung. Meine Leute ließen die Riemen sinken und fielen wie tot von den Duchten herunter. Ich machte an einem Pfahl fest. Eine sanfte Strömung kräuselte das Wasser. Das duftende Dunkel der Küste gliederte sich in riesige Massen, die dichten Schatten gewaltig wuchernder Vegetation – stumme, phantastische Gebilde. Und darunter schimmerte schwach der Halbkreis des Strandes, wie eine Spukerscheinung. Nirgends ein Licht, eine Bewegung, ein Laut. Der rätselhafte Osten sah mich an, duftend wie eine Blume, schweigend wie der Tod, dunkel wie das Grab.

Und da saß ich, unsäglich müde, frohlockend wie ein Eroberer, schlaflos und bezaubert, als stünde ich vor einem abgründigen, einem schicksalvollen Rätsel.

Das Klatschen von Riemen, deren gleichmäßiger Schlag auf der Wasserfläche widerhallte und gegen die Stille des Gestades wie lautes Getöse wirkte, ließ mich auffahren. Ein Boot, ein europäisches Boot, kam herein. Ich beschwor den Namen der Toten, ich rief: *Judea* ahoi! Ein schwacher Ruf antwortete mir.

Es war der Kapitän. Ich hatte das Flaggschiff um drei Stunden geschlagen, und ich freute mich, des alten Mannes Stimme wieder zu hören, zittrig und erschöpft. ›Sind Sie es, Marlow?‹

›Geben Sie Acht auf den Molenkopf, Kapitän‹, rief ich.

Er kam behutsam näher und machte mit der

Tiefsee-Lotleine fest, die wir gerettet hatten – für die Versicherungsgesellschaft. Ich fierte meine Fangleine etwas auf und kam längsseits. Da saß er, eine in sich zusammengesunkene Gestalt, im Heck, nass vom Tau, die Hände im Schoß gefaltet. Seine Leute schliefen schon. ›Es war fürchterlich für mich‹, murmelte er. ›Mahon ist hinter uns – nicht sehr weit.‹ Wir unterhielten uns flüsternd, sehr leise flüsternd, als fürchteten wir, das Land zu wecken. Kanonen, Donner, Erdbeben hätten die Mannschaft damals nicht aufwecken können.

Als ich mich einmal, während wir uns unterhielten, umsah, erblickte ich weit draußen auf See ein helles Licht, das durch die Nacht glitt. ›Da fährt ein Dampfer an der Bucht vorüber‹, sagte ich. Er fuhr nicht vorüber, er fuhr herein und kam sogar dicht heran und ging vor Anker: ›Könnten Sie wohl feststellen‹, sagte der alte Mann, ›ob es ein englisches Schiff ist. Vielleicht nehmen die uns irgendwohin mit.‹ Er schien furchtbar besorgt. Also brachte ich durch Rütteln und Fußtritte einen meiner Leute in schlafwandlerische Bewegung, gab ihm einen Riemen in die Hand, nahm selber den anderen und pullte auf die Lichter des Dampfers zu.

Gemurmel war zu hören auf dem Schiff; metallisch dumpfes Klirren im Maschinenraum, Schritte an Deck. Die Bullaugen leuchteten wie weit aufgerissene Augen. Gestalten bewegten sich dahinter, und hoch oben auf der Brücke stand ein schattenhafter Mann. Er bemerkte den Schlag meiner Riemen.

Und dann, noch ehe ich meinen Mund auftun konnte, sprach der Osten zu mir, doch mit einer westlichen Stimme. Ein Wortschwall ging in der rätselhaften, der schicksalsvollen Stille über mich hernieder; fremdländische, zornige Worte, vermischt mit Worten, ja ganzen Sätzen in gutem Englisch, die weniger fremd, aber umso überraschender wirkten. Die Stimme fluchte und stieß wüste Verwünschungen aus; sie zerriss den feierlichen Frieden der Bucht mit ihren Schmähsalven. Sie begann, mich Schwein zu nennen, und steigerte sich zu unaussprechlichen Adjektiven – und zwar in Englisch. Der Mann dort oben tobte in zwei Sprachen, und noch dazu mit einer solchen Offenherzigkeit, dass ich beinahe zu der Überzeugung gelangte, ich hätte mich irgendwie gegen die Harmonie des Universums vergangen. Ich konnte ihn kaum sehen, doch ich begann zu fürchten, er steigere sich noch in einen Tobsuchtsanfall.

Plötzlich verstummte er, und ich hörte ihn wie einen Tümmler schnaufen und prusten. Ich sagte:

›Was für ein Dampfer ist das, bitte?‹

›Wie? Was ist das? Und wer sind Sie?‹

›Schiffbrüchige einer englischen Bark, die auf See verbrannte. Wir kamen heute Nacht hierher. Ich bin der Zweite Steuermann. Der Kapitän ist im Großboot und lässt Sie fragen, ob Sie uns mitnehmen könnten?‹

›Ach, du meine Güte! Aber … Dies ist die *Celestial* aus Singapore auf der Rückreise. Ich werde die Sache morgen früh mit Ihrem Kapitän abmachen, … und, … was ich sagen wollte … haben Sie mich gerade eben gehört?‹

›Man sollte meinen, die ganze Bucht habe Sie gehört.‹

›Ich dachte, Sie wären ein Küstenboot. Sehen Sie – dieser höllisch faule Lump von einem Wärter hat wieder einmal geschlafen – zum Henker mit ihm. Das Feuer ist aus, und beinahe wäre ich gegen den verdammten Molenkopf gerannt. Es ist das dritte Mal, dass er mir den Streich spielt. Jetzt frage ich Sie, ist das denn zum Aushalten? Es ist zum Aus-der-Haut-Fahren. Ich werde ihn melden … Ich werde den Vizestatthalter veranlassen, ihn an die Luft zu setzen, beim …! Sehen Sie – es ist kein Feuer da. Es ist aus, oder irre ich mich? Sie sind mein Zeuge, dass das Feuer nicht brennt. Es sollte ein Leuchtfeuer brennen, müssen Sie wissen, ein rotes Leucht-Feuer auf dem …‹

›Da war auch ein Feuer‹, sagte ich sanft.

›Aber es ist aus, Mann! Was nutzt es, darüber viel zu reden? Sie sehen selbst, es ist aus – oder nicht? Wenn Sie einen wertvollen Dampfer an dieser gottverlassenen Küste entlang führen müssten, dann wollten auch Sie ein Leuchtfeuer. Ich werde ihn von einem Ende dieses erbärmlichen Kais zum andern prügeln. Sollen mal sehen. Ich werde …‹

›Dann kann ich also meinem Kapitän ausrichten, dass Sie uns mitnehmen?‹, unterbrach ich ihn.

›Ja, ich nehme Sie mit. Gute Nacht‹, sagte er schroff.

Ich pullte zurück, machte am Kai fest und legte

mich endlich schlafen. Ich hatte das Schweigen des Ostens erfahren. Ich hatte manches von seiner Sprache vernommen. Doch als ich die Augen wieder aufschlug, war das Schweigen so vollkommen, als wäre es nie unterbrochen worden. Ich lag in einer Flut von Licht, und der Himmel hatte noch nie zuvor so fern, so hoch ausgesehen. Ich öffnete die Augen und lag reglos da.

Und dann sah ich die Menschen des Ostens – sie starrten mich an. Die ganze Länge des Kais war voller Menschen. Ich sah braune, bronzefarbene, gelbe Gesichter, sah die schwarzen Augen, das Funkeln, die Farbe einer östlichen Volksmasse. Und all diese Wesen blickten starr herab, ohne einen Laut, ohne einen Seufzer, ohne eine Bewegung. Sie starrten auf die Boote, auf die schlafenden Männer, die während der Nacht vom Meer hereingekommen waren. Nichts regte sich. Die Palmwedel standen still vor dem Himmel. Kein Zweig rührte sich, das ganze Gestade entlang, und die braunen Dächer verborgener Häuser lugten durch das grüne Laub, durch große Blätter, die schimmernd und still herabhingen wie aus schwerem Metall getrieben. Dies war der Osten der Seefahrer früherer Zeiten, so alt, so rätselhaft, strahlend und düster, lebendig und wandellos, voller Gefahren und Verheißungen. Und dies waren die Menschen. Ich setzte mich plötzlich auf. Eine Welle der Bewegung lief durch die Menge, von einem Ende zum andern, streifte die Köpfe, wiegte die Leiber, lief den Kai entlang wie ein Kräuseln über das Wasser, wie ein Windhauch über das Feld – und alles war wieder still. Ich sehe das noch vor mir – den weiten Bogen der Bucht, den glitzernden Strand, das strotzende Grün, unendlich und vielfältig, das Meer, blau wie das Meer der Träume, die Schar aufmerksamer Gesichter, den Glanz der grellen Farben – das Wasser, das alles widerspiegelte: die Kurve des Ufers, den Kai, die fremdländischen Schiffe mit den hohen Hecks, die still im Wasser lagen, und die drei Boote mit den müden Männern des Westens, die da schliefen, ohne etwas zu ahnen von dem Land, den Leuten, der grellen Sonne. Sie schliefen, quer über den Duchten liegend oder zusammengekauert auf dem Boden, unbekümmert wie Tote. Der Kopf des alten Kapitäns, der sich im Heck des Großbootes zurückgelehnt hatte, war ihm auf die Brust gesunken, und er sah aus, als würde er nie wieder erwachen. Weiter draußen war des alten Mahon Gesicht zum Himmel aufgekehrt, und sein langer weißer Bart lag ausgebreitet über seiner Brust, als wäre er dort an seiner Ruderpinne erschossen worden; und ein anderer, der im Bug des Bootes zu einem Häufchen zusammengesunken war, umklammerte im Schlaf mit beiden Armen den Stevenkopf und lag mit seiner Wange auf dem Dollbord. Der Osten betrachtete sie lautlos.

Seither habe ich seine Faszination kennen gelernt, ich habe die geheimnisvollen Gestade gesehen, das stille Wasser, die Länder der braunen Völker, wo eine tückische Nemesis so vielen der Eroberermächte, die stolz auf ihren Verstand, ihre Kenntnisse, ihre Kraft sind, auflauert, sie verfolgt, sie überwältigt. Doch für mich ist der ganze Osten in jener Vision meiner Jugend enthalten. Er liegt ganz und gar in dem Moment, da ich die Augen aufschlug und ihn ansah. Nach einem harten Ringkampf mit dem Meer trat ich ihm entgegen – und ich war jung – und ich sah, wie er mich anblickte. Und dies ist alles, was davon übrig ist! Nur ein Augenblick; ein Augenblick der

Kraft, der Schwärmerei, des Zaubers – der Jugend! … ein huschender Sonnenstrahl über einer fremden Küste, Zeit genug, um sich zu erinnern, Zeit für einen Seufzer, und – leb wohl! – Nacht! – Leb wohl …!«

Er nahm einen Schluck.

»Ah! Die guten alten Zeiten – die guten alten Zeiten. Jugend und das Meer. Zauber und das Meer! Das gute, starke Meer, das salzige, bittere Meer, das dir zuflüstert und dich anbrüllt und dir den Atem benimmt.«

Er tat abermals einen Schluck.

»Bei allem, was da wundervoll ist, es ist das Meer, glaube ich, das Meer als solches – oder ist es die Jugend allein? Wer kann das sagen? Doch ihr hier – euch allen gab das Leben etwas: Geld, Liebe – was immer man an Land erlangen kann – und, sagt, war das nicht die beste Zeit, damals, als wir jung auf See waren; jung waren und nichts besaßen, auf der See, die nichts gibt, außer harten Püffen – und manchmal einer Gelegenheit, die eigene Kraft zu fühlen – ist es nicht das allein, dem ihr nachtrauert?«

Und wir nickten alle: Der Mann der Finanzen,

der Mann der Rechnungsbücher, der Mann des Gesetzes, wir alle nickten über dem polierten Tisch, der wie eine ruhige Fläche braunen Wassers unsere gefurchten, gerunzelten Gesichter widerspiegelte; unsere Gesichter, die von Mühe, Trug, von Erfolg, von Liebe gezeichnet waren; unsere müden Augen, die noch immer, unentwegt, begierig nach etwas im Leben Ausschau hielten, das, noch während es erhofft wird, schon dahin ist – unbemerkt zerronnen, in einem Seufzer, in einem Nu – zusammen mit der Jugend, mit der Kraft, mit Illusion und Schwärmerei.

Taschenbücher für kleine Taschen

Martin Amis, *Handys satt*
Margaret Atwood, *Tipps für die Wildnis*
Joseph Conrad, *Jugend.* Ein Bericht.
Richard Ford, *Rock Springs*
Josef Haslinger, *Der Tod des Kleinhäuslers Ignaz Hajek*
Christoph Ransmayr, *Die ersten Jahre der Ewigkeit*
Luis Sepúlveda, *Da sind wir also*
Jane Smiley, *Schön, dass du hier bist*
Virginia Woolf, *Die Dame im Spiegel*
Marion Zimmer Bradley, *Der fremde Zauber*

Taschenbücher für kleine Taschen

Roald Dahl, *Gelée Royale*
Elke Heidenreich, *Erika*
Peter Høeg, *Reise in ein dunkles Herz*
Petra Oelker, *Nebelmond*
Ernest Hemingway,
Die Hauptstadt der Welt
Rosamunde Pilcher,
Die weißen Vögel
Kurt Tucholsky, *Rheinsberg*
Petra Hammesfahr, *Der Ausbruch*
Philip Kerr, *Durch den Spiegel ein dunkles Bild*
Paul Auster, *Schlagschatten*

Rowohlt Taschenbuch Verlag

Joseph Conrad

Gaspar Ruiz
und andere Erzählungen
Ins Deutsche übersetzt von Fritz Lorch
Band 5358

Sieg
Eine Inselgeschichte
Ins Deutsche übersetzt von Walter Schürenberg
Band 5352

Spannung
Ein Roman aus Napoleonischer Zeit
Ins Deutsche übersetzt von G. Danehl
Band 5355

Zwischen Land und See
Drei Erzählungen
Ins Deutsche übersetzt von Ernst Wagner
Band 5826

Fischer Taschenbuch Verlag

Bruce Chatwin

Der Traum des Ruhelosen

Aus dem Englischen von Anna Kamp

Band 13729

Chatwin gilt als einer der bedeutendsten Reiseschriftsteller unseres Jahrhunderts. Doch immer schon hat er sich unterschiedlichen Metiers gewidmet. Er war Kunstexperte bei Sotheby's, Archäologe, Sammler, Rezensent und Reporter. In diesem Band finden sich Texte aus seinem Nachlaß, die diese Vielfalt spiegeln. Es sind Geschichten und Reiseskizzen, Artikel und Essays, durch die sich wie ein roter Faden die Motive ziehen, die Chatwins Denken und Schreiben seit jeher bestimmen: Verwurzelung und Heimatlosigkeit, Fernweh und Fremde, Exotik und Exil, Besitz und Freiheit, Sammelleidenschaft und Schönheit der Dinge.

Bruce Chatwin

Traumpfade

The Songlines

Roman

Aus dem Englischen von Anna Kamp

Band 10364

Traumpfade, *Songlines*: das sind nach dem Glauben der australischen Ureinwohner die labyrinthischen Linien und gedachten Wege, an denen entlang die legendären Ahnen der Traumzeit über den Kontinent wanderten und »singend alles benannten, was ihre Wege kreuzte – Vögel, Tiere, Pflanzen, Felsen, Wasserlöcher – und so die Welt ins Dasein sangen«. Bis zum heutigen Tag dürfen die Traumpfade nicht überschritten werden. Bruce Chatwin geht den ›Fußspuren der Ahnen‹ nach in seinem Reisebuch.

Fischer Taschenbuch Verlag

Bruce Chatwin

Auf Reisen

Photographien und Notizen

Herausgegeben von
David King und Francis Wyndham

Aus dem Englischen von Anna Kamp

Band 13306

Chatwin, dessen Reisebücher zu den schönsten der letzten Jahrzehnte zählen, war auch Photograph. Aufgenommen hat er seine Bilder in Peru und im Senegal, in Afghanistan und in Patagonien – und auch in England und den USA. Die begleitenden Texte sind skizzenhafte Impressionen, die überaus lebendig und sehr privat wirken, sie sind farbiger noch als die Bilder. Er ist ein Meister im Erstellen der verblüffendsten Analogien, er erfaßt Wesentliches auf einen Blick, hat vor nichts Respekt und ist neugierig auf alles: ein Augenmensch und ein Reisender, für den das Unterwegssein letztlich Selbstzweck ist.

Fischer Taschenbuch Verlag

Bruce Chatwin

Auf dem schwarzen Berg

Roman

Aus dem Englischen von Anna Kamp

Band 10294

In seinem Roman erzählt Chatwin von dem merkwürdigen Leben der beiden Zwillingsbrüder Lewis und Benjamin Jones auf dem elterlichen Bauernhof, ›The Vision‹ genannt und auf dem schwarzen Berg in Wales gelegen. Es ist ein Leben, das bestimmt ist von der Bindung an die Familie, den Boden, die Landschaft, eine Hand voll Menschen, die Arbeit, jahrzehntelang die immer gleiche, je nach den Rhythmen der Jahreszeiten und den Bedingungen des Wetters.

Dieser Roman ist ein eigenartig schönes Buch über eine Landschaft, ihre Stimmungen und Charaktere; es handelt von der Frage nach dem Wesentlichen und der Gelassenheit.

Fischer Taschenbuch Verlag

John Berger

SauErde

Geschichten vom Lande

Aus dem Englischen von Jörg Trobitius

Band 14295

Seit Jahren lebt Berger mit seiner Familie unter den französischen Bauern eines kleinen Dorfes in den Bergen Savoyens. Karg, streng und einfach mutet diese archaische Welt am Rande unserer heutigen Zivilisation an, und sie ist unwiderruflich zum Sterben verurteilt.

Mit seinen so einfachen wie bewegenden Erzählungen hält John Berger die Erinnerung an eine Lebensform wach, für die es in der modernen Welt keinen Raum mehr gibt.

Fischer Taschenbuch Verlag

John Berger

Auf dem Weg zur Hochzeit

Roman

Aus dem Englischen von Jörg Trobitius

Band 14293

In Gorino, an der italienischen Küste, soll Ninons Hochzeit stattfinden. Der Vater der Braut kommt aus Frankreich angereist, und Ninons Mutter aus Bratislava. Und Gino, der Bräutigam, ist Italiener. Ninon ist krank, und sie weiß, daß sie nicht mehr lange zu leben hat. An ihrem Hochzeitstag läßt sie sich vom Taumel der Lebensfreude mitreißen. Ihr Tanz wird zu einem Hymnus auf das Leben, gerade, wenn es am meisten bedroht ist.

Fischer Taschenbuch Verlag

John Berger

Begegnungen und Abschiede

Über Bilder und Menschen

Aus dem Englischen von Jörg Trobitius

Band 14294

Auch in diesem Essayband setzt John Berger die genaue und geduldige Erkundung von Bildern und Menschen fort. Mit seinen eindringlichen Betrachtungen schreibt er gegen die zunehmende Beschleunigung und Oberflächlichkeit der Wahrnehmung an und thematisiert eine Grunderfahrung der Moderne: die Angst vor dem Verschwinden.
In diesen meisterhaften Essays gelingt ihm, was er selbst als die Kunst des Schriftstellers bezeichnet hat: die Vieldeutigkeit von Erfahrung offen zu halten.

Fischer Taschenbuch Verlag

Petra Hammesfahr

Petra Hammesfahr, Der gläserne Himmel
»Agatha Christi vom Rhein«
Petra Hammesfahr, Lukkas Erbe
»Spannung bis zum bitteren Ende.«
Stern
Petra Hammesfahr, Der Puppengräber
»First Lady des Horrors«
Petra Hammesfahr, Die Sünderin
»Meisterlich genau zeichnet Petra Hammesfahr in ihrem beklemmenden, intelligenten Roman die Gedanken einer Frau am Rande des Wahnsinns.«
Der Spiegel